「こうして欲しかったんだろ？」
充は耳元でそう囁くと七彩の胸の膨らみを両手で鷲づかみにした。
「あ、ん！」
柔らかな膨らみに筋張った指が食い込み、尖った尖端が押し出される。

期間限定婚だったのに極上御曹司が離婚してくれません

水城のあ

Vanilla文庫 Miel

期間限定婚だったのに極上御曹司が離婚してくれません

Contents コンテンツ

イラスト／木ノ下きの

プロローグ

都心のいわゆるタワーマンション。窓の外にはまばゆいばかりに輝く東京《とうきょう》の夜景が広がっている。

七彩《ななせ》は子どものように窓ガラスに額を押しつけて夜景を見下ろした。この景色ももうすぐお別れだと思うと名残惜しい。

この部屋に引っ越してきたときはあまりにも煌《きら》びやかな景色に落ち着かないと思ったものだが、こうして見慣れてみると今度は寂しいと感じてしまうから不思議だ。

現在新しい部屋を物色中だが、きっと新しい窓からの景色を物足りないと感じてしまうだろう。

七彩が珍しく感傷的な気持ちで夜景を見つめていたときだった。

リビングの扉が開く音がして、ひとりの男性が姿を見せた。洗いざらしの白い長袖Ｔシャツに黒のストレッチパンツというラフなスタイルの男性が三十畳はある広いＬＤＫを横切ってくる。

「ごめん、お待たせ」

「大丈夫ですよ」

七彩は笑顔で首を横に振りながら、部屋着というラフなスタイルでも隙のない完璧な夫、松坂充《まつざかみつる》の姿を見つめた。

しばらくは離婚については伏せておくことになっているが、彼が再びフリーになったと知ったら、きっと女性たちが放っておかないだろう。高嶺《たかね》の花《はな》であった充が結婚できる男性であることを七彩が証明してしまったのだから。

充はリゾート開発やホテル経営を行っている松坂リゾートの御曹司で、役職は専務取締役だが子どもの頃から祖父の龍太朗《りゅうたろう》に英才教育を受けたいわゆる経営のエリートだ。

充の両親は健在だが、残念ながらあまり会社経営に熱心ではなく、現在は夫婦でリゾート候補地の視察と称して一年のほとんどを海外で過ごしている。実際七彩も一度結婚の挨拶で食事しただけで親しく連絡を取り合ってはいない。

息子の育て方に失敗したことに気づいた松坂リゾート会長兼社長の龍太朗は、世代を飛び越え孫の充に会社を継がせるべく、幼い頃からそばに引きつけ帝王学を叩《たた》き込《こ》んだという。

そんな経緯から松坂リゾートの次期社長は充という暗黙の了解が広まっていたこともあり、若いときから女性の注目を集めていたらしい。

もともと整った顔立ちに日本人には珍しい百八十センチを越えるモデル張りの長身、そして大企業の御曹司となれば、放っておいてくれというのも無理な話だ。

去年充と七彩の結婚が発表されたときは、業界にちょっとした衝撃が走ったという。

これまでたくさんの女性から熱心なアプローチを受けてもなびかなかった男が、三十を過ぎて突然噂《うわさ》も前触れもなく電撃的に結婚したのだ。一部では女性に興味がないタイプの男性なのだろうという話もまことしやかに囁《ささや》かれていて、七彩との結婚はかなり話題になった。

実際充の同伴で食事会やちょっとしたパーティーに顔を出すと嫉妬と羨望半々の顔をした女性たちの視線に晒《さら》され、あれこれ質問攻めに遭い大変だったのは今も記憶に刻まれている。

まあそういった対応も含めての契約結婚だったから気にはならないが、充はその気になればいくらでも尽くしてくれるいい相手が見つかるのにと思ったものだ。

それに女性の羨望と妬みの的となる充の妻役は、優越感を覚えることもあり案外悪くなかった。充のような世で言うハイクラスな男性の妻なんて、自分が上等な女性になったような錯覚ができるし、期間限定だと思えば楽しむ余裕もあった。

しかしこの生活ももう終わりだ。しばらく発表しないでおく約束ではあるが、ふたりの婚姻契約は結婚一周年の記念日である今日、終了するのだ。

充がダイニングの椅子に座るのに倣って七彩も向かいに腰を下ろす。テーブルの上には料理が所狭しと並んでいた。

充お気に入りの高級イタリアンのケータリングで、盛り付けやテーブルセッティングまで整えてくれる。当然ワインはワインクーラーで冷やし、料理は電子レンジで温め直しができるように最適な時間までメモを残してくれる徹底っぷりは、その辺のレストランとはレベルが違う。

七彩が独身時代よくお世話になっていたフードデリバリーサービスとは大違いだ。

「ケータリング頼んでくださってありがとうございます。最後だし、私がなにか作るつもりだったのに」

「せっかくの記念日に自分で料理する必要ないだろ」

充はそう言うとワインクーラーに冷やしてあったスパークリングワインの栓を抜いた。

背の高いシャンパングラスに注がれ、黄金色の液体がグラスの中で弾ける。

「じゃあ乾杯しようか」

充に倣ってグラスに手を伸ばした七彩は、噴き出してしまいそうになった。これから離婚をする、いわゆる最後の晩餐《ばんさん》なのになにに乾杯をするのだろうと思ってしまったのだ。

「なに？」

「だって……」

たまらずクスクスと笑い出してしまった七彩を見て、充は眩《まぶ》しそうに目を細めた。

「結婚一周年の記念日なんだ。乾杯したっていいだろ？」

「そうですよね。ごめんなさい」

七彩は慌てて笑いを収めると、緩んでいた唇に力を入れた。

「じゃあ結婚一周年に」

「乾杯」

カチンとグラスが触れあう音がして、スパークリングワインの泡がさらに弾けた。

スパークリングワインは充が好んで飲むイタリア・トスカーナ地方の銘柄で、柔らかな泡立ちにフレッシュな果実感が強く、イタリアンによく合うので七彩もすっかりファンになってしまった。

これからはこのワインを飲むたびに充との食事を思いだすのかと思うと、少し感傷的な気持ちにもなってしまう。

「もう一年なんて……早いですね」

七彩は充の皿にサラダを取り分けながら言った。

「最初は契約結婚なんてどうなるかと思ってましたけど、充さんのおかげで快適に過ごすことができました。ありがとうございます」

「……うん」

「例のプロジェクトも取締役会で無事に承認されたんですよね。おめでとうございます。あ、プロジェクトの成功に乾杯した方がよかったんじゃないですか？」

「……ああ」

しみじみと同居生活のことを思い返していた七彩は、充の返事がいつもと違いうわの空であることに気づかなかった。

充と同居をするとなったとき、やはり男性と暮らすことに少なからず抵抗を感じたのを覚えている。しかし実際には七彩が家事をしなくていいように定期的にハウスキーパーを入れてくれ、冷蔵庫を開ければプロが作った食事の作り置きがたっぷりで、快適な個室を用意してプライバシーを尊重してくれた。

月に一、二度妻の役目としてパーティーや親族の食事会に同伴するだけで、その他はいつも通り仕事や趣味に時間を使える。むしろ実家暮らしより快適だった気がしてしまう。

そういえばパーティーや食事会のたびに必要経費だからと買ってもらった靴やバッグはそのままクローゼットに残しておいた方がいいだろうか。もし充が次の恋人や妻を迎えるときにトラブルになっては困るので、ヘタに残しておくより処分するよう伝えた方がいいかもしれない。

「そうだ。引っ越しなんですけど、あと半月ぐらいこちらでお世話にならせてください。やっぱり今さら実家に戻るのもなんですし、予定通り部屋を借りることにしたんです。いくつか候補があって今週末内見に行くので」

最終的に家族には離婚したことを伝えなければいけないが、実家に戻ればあれこれうるさく聞かれるだろうし、祖母辺りが早く再婚しろと勧めてくるだろう。

今回の離婚で七彩が結婚に向いていないと気づいてそっとしておいてくれるのが望ましいのだが、やはりなにか言われるのは必然だろうと覚悟はしていた。

家族のことは大好きだが、自由な生活に慣れてしまった今、干渉されるのは少し面倒くさい。

「それと、離婚届って充さんの部屋の金庫でしたよね？　忙しいでしょうから私が提出してきます。明日にでも行ってきますから、今夜中にテーブルの上にでも置いておいてください」

「……」

七彩はそのとき初めて、充の態度がいつもとは違い受け答えがおかしいことに気づいた。

「充さん？」

「……ないんだ」

「は？」

よく聞き取れなかった七彩が充の唇を見つめる。するとはっきりしない返答とは裏腹に、充の黒々とした瞳は真っ直《まっす》ぐに七彩の顔を捉えていた。

「離婚届はない、と言ったんだ」

「……え？　ああ、もしかしてなくしちゃったんですか？」

いつもきちんとしている充でも、そんなことがあるのかと少し驚いてしまう。しかし彼にも意外な一面があるのだと知り不思議と親近感を覚えてしまった。

「仕方ないですよ。書いたのは一年前ですもん。明日にでも役所に行って新しい用紙を……」

そこまで言ったとき、充が七彩の言葉を遮った。

「離婚届は僕が破棄したんだ」

「……えっ⁉」

〝破棄〟という単語だけやけにはっきり聞こえて、それ以外の言葉が頭の中に浮かんでこない。

「僕は……七彩、君と離婚したくない」

初めて充に呼び捨てにされて、七彩の心臓がドキリと音を立てた。

これまで人前で夫婦を演じるときだけは呼び捨てにされていたけれど、そうでないときは〝七彩さん〟と礼儀正しく呼ばれていたから驚いてしまった。本当は呼び方よりももっと重要なことを言われたのに、一瞬だけそのことを忘れてしまいそうになる。

「で、でもそういう契約で……」

離婚をする前提で契約結婚したのに、離婚しないのであればただの結婚だ。一時的に既婚者であるという世間体が必要だからと契約結婚を持ちかけてきたのは充で、お互いの利害が一致しての約束だったはずなのに、突然なにを言い出すのだろう。

「どうしていきなりそんなこと」

もしかして仕事上不都合があるからもう少し契約を延長したいという話だろうか。それなら充の言動も納得できる。最初からそう言ってくれればこんなに動揺しないで済んだのにと考えたときだった。

「別にこのままでも不都合はないだろ？　今すぐ離婚したいほど僕に不満があるの？」

七彩の想像とはかみ合わない返事が返ってきた。

「不満なんて……ないですけど」

ハウスキーパーがいて家事や食事の心配がなく、仕事と趣味以外のことを考えなくていい生活は快適すぎるぐらいだ。

「じゃあ決まりだ。離婚はしない」

「ちょ、ちょっと待ってください！」

最後の晩餐のはずだったのにどうしてこんな展開になっているのだろう。

「こ、困ります！　だって離婚するって約束で」

「まさか……誰か好きな人ができた？」

「そんな人いませんけど！　そうじゃなくて！」

「だろうね。とりあえず同居人という認識を改めて、恋人として夫婦生活をしてみないか？」

一年間なんの問題もなく契約結婚を続けてきたはずの充の突然の提案は理解できない。まさに寝耳に水というやつだった。

契約結婚をするときにちゃんと契約書も交わしていて、婚姻中に男女の関係を強要しないとか離婚の際にお互いの財産に干渉しないなど条件を決めているのだ。

「け、契約と違います。わざわざ弁護士を入れて契約書まで作ったのに」

「それは今日までの契約だ。今から新たな契約を結び直せばいいだけだろ。契約はアップデートしていくものだからね」

まるでビジネスのように言うが、これは人生の問題だ。

「契約は双方の同意があって成立するものです。これはなんの協議もされていない充さんの一方的な言い分ですよね」

「さすが法律関係の妻は弁が立つね」

充は七彩の強い口調に苦笑いを浮かべたが、それは慌てているというより面白がっている表情に見える。

「では君の言い分も受け入れよう。新たな条件を提示するからまずは精査してくれ。そうだな、まずは三ヶ月試用期間を設けて本物の夫婦として過ごしてみないか？」

「し、試用期間？」

なんだか雇用関係みたいだ。そもそも契約結婚も雇用関係のようなものだったが、本物の夫婦としてとなると話が違ってくる。

そもそも充と自分は恋愛関係ではないのだから、いきなり本物の夫婦としての関係が成り立つとは思えなかった。

やはりこの話は断ろう。契約書がある以上不履行を訴えることもできるし、こちらに一切の非がないのだから認められるはずだ。

すると七彩が拒否することも想定していたのだろう。一瞬だけ早く充が口を開く。

「君の夫として仮採用という形でかまわない。本物の夫婦と言っても今まで通りでいいんだ。俺は妻に家庭に入ることを強要するつもりもないし、これまで通り家事はハウスキーパーに任せてくれ。もちろん身体の関係を強要するつもりもないし、改めて僕を夫として見たときにどう感じるか試してみて欲しいんだ」

「……」

新しい部屋が見つかるまでは嫌でもこの部屋に世話にならなければならない立場だ。あまり強く拒絶して残りの日々をギスギスした空気で過ごしたくない。

それに初めは充の提案に驚いてしまったが、よく条件を聞いてみると七彩に不利になる条件はない。むしろ三ヶ月後に七彩が拒否をすればそれで終わりなのだ。

離婚が三ヶ月先に延びるだけで、念のために書面に起こした方がいいけれど不都合はなさそうに思える。

「わかりました。充さんがそこまで言うなら書面に起こしますから」

七彩は立ちあがって自分の部屋からノートパソコンを抱えて戻ってくると、充が提示した条件を書面にまとめた。

――これより三ヶ月の間は通常の婚姻関係と同じように夫婦として過ごすこととする。

――妻七彩は三ヶ月の間、夫充を本物の夫として見る努力をする。

――ふたりの家事配分はこれまでと変わらないものとする。

――身体の関係は双方の合意に基づくものとする。

その一文を書き加えながら、七彩は頬《ほお》が熱くなるのを感じていた。大切な条件なのだが、こう書いてみると七彩自身がそのことを意識しているみたいだ。

すると背後からパソコンを覗《のぞ》き込《こ》んでいた充が耳元で言った。

「それから、妻七彩は夫充のデートの誘いには応じるものとする、も加えてくれ」

「えっ、それは……」

「三ヶ月しかないんだ。僕に君を口説くチャンスぐらいくれてもかまわないだろ？　三ヶ月後、君には僕を拒否する権利が与えられているんだから」

確かにこのままでは七彩ばかりにメリットがあり、平等な夫婦契約とは言えないだろう。もちろん充が一方的に契約変更を望んでいるのだから拒むこともできるのに、そこまで冷たくもできない自分がいた。

「……わ、わかりました」

つい頷《うなず》いてしまったが、実際に口説くと言われても、充がなにをするつもりなのかいまいち想像できない。すると七彩の心を読んだかのように充が言った。

「よかった。実は君を連れて行きたかったところがいくつかあるんだ。それに君のことをもっと知りたい」

いつもより少しはしゃいだ充の声に、七彩は真横に立ってパソコンを覗き込む彼を見上げた。

この人はこんなふうに、子どもがはにかむみたいに可愛《かわい》い表情をする人だっただろうか。七彩にとって充は年上で社会的な地位もある大人の男性で、うまく言えないが一緒に暮らしているけれど別世界に住んでいる人という存在だったのだ。だからこそ一緒に暮らすといっても馴《な》れ合《あ》わず、適度な距離を保って過ごせていた気がする。

「それって……デートってことですか？」

思わず漏れた心の声に、自分でもギョッとしてしまう。

「あの、別に、デートしたいとかじゃないですから！」

「うん。だとしても俺は君とデートしたいと思ってる。それに君がコレクションしている薄い本よりもリアルな恋愛が経験できるというのは約束するけど」

「……え？　薄い、本……？」

充の言葉に頭の中が真っ白になる。

「私の部屋に入ったんですか!?」

「前にリビングに置きっぱなしになっていたのをちょっと読ませてもらっただけだ。でもなかなか興味深い内容だったよ」

「きゃーーーーー‼」

七彩は家中に響きわたるような悲鳴をあげた。普通なら近所迷惑を心配するレベルの悲鳴だが、幸いマンションは完全防音で左右どころか上下の足音も気にしなくていいレベルだ。

「そんなに叫ばなくてもいいだろ。俺は妻の趣味にとやかく言う男じゃない」

「そ、そういう問題じゃ……」

まだ頭の整理がつかなくて、充を見上げて餌を求める魚のように口をパクパクさせているのに言葉が出てこない。仕事柄弁は立つ方だし、ちょっとやそっとのことでは動揺しない自信があったのに、このことだけはとっさにどう対処すればいいのかわからない。

するとた充はクスリと笑いを漏らして七彩を見下ろすと、ゆっくりと頭を下げる。

「……」

突然のことに瞬《まばた》きもできず充の顔を見つめていると、呆《ほう》けて開いていた唇に充のそれが触れた。充との初めてのキスだった。

「……っ！」

柔らかな唇の感触に、背筋をゾクリとしたものが駆け抜ける。

これまでキスでこんなふうに身体が震えたことはない。もちろんドキドキはしたけれど、こんな身体に震えが走るような感覚は初めてだ。

驚きすぎて抗《あらが》うことも忘れていると、片手が項に回されてさらに上向かされる。開いていた唇を舌先がなぞりするりと口腔《こうこう》の中に滑り込んできて、七彩はそのなんとも言えない淫らな刺激にギュッと目を瞑《つぶ》った。

「ん！」

充の舌の熱さに体温が一気に上がり、目を瞑っているはずなのになぜか眼裏には充の横顔が浮かんでしまう。

七彩のものよりも厚みのある舌が内頬や口蓋を丁寧に撫《な》でて、驚いて固まっていた舌に絡みついてくる。

ふたりの舌がヌルヌルと擦れ合い、新たな戦慄が身体を駆け抜ける。戦慄はあっという間に全身に広がって、下腹の辺りがキュンと切なくなるのを感じた。

充のキスは熱っぽいのに、それでいて七彩が怯《おび》えない程度の優しさを感じる。それはとても心地よくて、こんなキスをしてくれるのならこのまま充に身を任せてもいいと淫らな感情を抱いてしまう。

すると次の瞬間、まるで七彩の気持ちを読んだかのように充の手が七彩の柔らかな胸の膨らみに触れた。

服の上から優しく撫で回され、初めて感じる甘い刺激に眩暈《めまい》がしてくる。この先を許したら、充はどんなふうに自分に触れるのだろうと意識が彼の手の動きを追いかけてしまう。

しかしそう考えたのは一瞬で、七彩は我に返った次の瞬間できうる限りの力で充の胸を強く押していた。それは七彩自身も驚くほど強かったらしく、充が一、二歩後ずさってたたらを踏んだ。

「け、契約違反です‼」

七彩の唇から飛び出した強い言葉に、充はなぜか微笑を浮かべる。

「これは契約の印だよ。これからこんなふうに君を口説くつもりだっていう、宣戦布告でもある」

「……な！　だって、たった今身体の関係は双方の合意に基づくものだって」

「身体に触れたのは余計だったが、キスは含まれないってことにしよう。それに君は俺のキスを嫌がっていたようには思えなかったけど」

「……ッ‼」

充の言う通り、無理矢理《むりやり》押さえつけられていたわけではないのだから、もっと早く拒むこともできたはずだった。それなのに淫らな感触と雰囲気に流されて充のキスを受け入れてしまった。というか、胸に触れられたとき身体は確かに反応してしまっていた。

「これから楽しい三ケ月になりそうだ」

すでに戦いに勝ったとでも言いたげな充の言葉を否定したいのに、キスを受け入れてしまった自分が後ろめたくて対抗する言葉が思い浮かばない。

つい先ほどまでこの新しい契約は七彩にばかり有利なものだと思っていたのに、今はなぜか弱みを握られたような気がしてならなかった。

1

松坂充との結婚前、旧姓本城《ほんじょう》七彩は世間でオタクと呼ばれる人生を楽しんでいた。

オタクにも色々種類があって鉄道オタク、歴史オタク、アイドルオタク、ゲームオタク、アニメオタク、マンガオタク、特撮オタク、コスプレオタク、テーマパークオタク、料理オタク、スポーツオタクと数え上げるときりがない。

もっと細分化すると鉄道オタク＝鉄オタの中は乗り鉄、撮り鉄などと分かれ、マンガオタクの中も本誌派、コミックス派など細かく分かれているのだ。

特にアニメ、マンガなどはメディアミックスでジャンル内に色々な人間が混在している上に、主要キャラクターたちに対して自分なりのカップリングがあったりするのでさらに面倒くさい。

七彩の場合は基本アニメやマンガを中心にあれこれ囓《かじ》っているが、ここ最近は某少年マンガにはまっている。幸い公式もかなり盛り上がっているので、アニメ化、映画化、グッズ販売、コラボカフェと供給はバッチリで、公式がより長く存続するためには課金が一番の推し活だと思って頑張ってお金を落としていた。

やはり例に漏れず自分なりのカップリングがあり、基本は脳内で自家発電をすることで補うのだが、それでも満たされない部分は薄い本、いわゆる同人誌というもので人様の妄想想像のお世話になることになる。

同人誌にも色々種類があり、七彩が主に楽しんでいるのは二次創作というジャンルだ。設定やキャラクターは原作のままだが原作に描かれていないストーリーを創作し、楽しむことが目的になる。

もちろんキャラクターや設定がすべてオリジナルの同人誌もあり、よく話に聞くのはプロの作家さんが商業ではできないオリジナル作品を同人誌にしたりしているそうだ。

充にはその二次創作の同人誌、しかもいわゆるBLカップリングのものを見られてしまったらしい。もちろんうっかりとはいえ共有スペースに置き忘れてしまった自分が悪いのだが、まさかそのことをネタにされるとは思わなかった。

そもそも充には自分がオタクであることは詳しく伝えていなかった。引っ越しのときにマンガやDVDなど荷物が多いことに驚かれたので、アニメやマンガが好きだと説明しておいたが、さすがにここまでディープにはまっていることは言えなかった。

契約結婚で本当の夫婦ではないのだから、そこまで彼に理解を求める必要がないと思ったのもあるが、なによりこれまで付き合ってきた男性にこの趣味が理解されなかったというのも七彩の口を重くした理由のひとつだった。

自分で言うのもなんだが、七彩は女性として比較的人目を惹《ひ》く容姿をしていた。

身長が一六七センチと日本女性の平均値よりやや高く目鼻立ちがはっきりしているから、十代の頃はモデルクラブや芸能事務所のスカウトによく声をかけられた。

正直興味がないのですべて断っていたが、当時いつも一緒に遊んでいた友人にいい気になっていると噂を流されて、なぜかクラスで孤立してしまった。

あとになってその子がタレント志望で七彩に嫉妬していたのだと知るが、スカウトに遭うのは七彩の責任ではない。

また別の友人が告白するときに付き添いで一緒に行ったら、その相手に交際を申し込まれ、結果的に縁を切られてしまった。

そういう経緯もあり男性にモテることが自分の人生においてメリットになるとは思えなかった。それにこれまでに何人かの男性との交際経験はあるが、どの相手とも最後はあまりいい終わり方ではなかった。

最初は見た目で交際を申し込まれ付き合うのだが、七彩が趣味をカミングアウトするとなぜかみんな引いてしまうのだ。大学の友人には見た目とのギャップがショックなのだと言われたが、誰に迷惑をかけているわけでもないのにガッカリされるなんて意味がわからない。

まあそのうち学習して特殊な趣味を口にしない分別はできたが、それと同時に男性と深い付き合いをするのが面倒になった。例えば将来結婚をするとなったらいつかは自分の趣味を口にしなければいけないし、そのときとやかく言われるぐらいならお一人様人生も悪くないと思ったのだ。

推しがイチャイチャしているのを見る、またはその妄想をしている方が楽しいので、結婚せずにひとりで生きていこう、そう決意したのは大学生のときだ。

七彩はまず男性避《よ》けのために自分の見た目を変えた。

長身というだけでも目立ってしまうので普段はストレートヘアの髪を後頭部でひとつに結ぶかシニヨンでまとめ、最後の仕上げにチョイダサに見える太い黒縁のだて眼鏡をかければ一見地味な女性に見える。

友人には散々もったいないと言われたが、外出先で声をかけられる率が下がった七彩にとってはなんの未練もなかった。

そしてひとりで生きていくための人生設計も着々と進めていく。やはり安定したお一人様を貫くには、不況にも強い職が必要だ。

幸い法学部在学中だった七彩には比較的安定した堅い就職先を選択することが可能だった。

公務員という手もあったのだが、資格さえあれば転職をしやすい司法書士を選び、必死に勉強して資格をとり、現在の職場井浦《いうら》法律事務所で働いている。

充との出会いはその職場だった。事務所は所長の井浦正道《まさみち》と息子の丈琉《たける》、その他数人の弁護士、司法書士が所属していて企業案件を多く扱っている。

司法書士の仕事は不動産や法人に関する登記を申請したり、法律関係の書類を作成したりするのが主だ。

弁護士は司法書士ができる法律手続きのほとんどをこなすことができるので普通は司法書士事務所と一線を画していることも多いのだが、井浦法律事務所では七彩のような司法書士が弁護士と共に企業案件に携わっていた。

ちなみに井浦親子はふたりとも弁護士で、所長のことは井浦先生とか大先生と呼び、息子の方を丈琉先生と呼んでいた。

充はその丈琉先生と大学時代からの友人で、何度か事務所での打ち合わせに同席したこともあったので以前から面識はあった。

しかし結婚云々《うんぬん》の前に仕事以外の会話を交わしたことのない間柄だったので、突然充に契約結婚を提案されたときは面食らったのをよく覚えている。

充に契約結婚を申し込まれたときは二十六になったばかりの頃で、いよいよ結婚など視野に入れずひとりで生きていこうと考えていて、そろそろ一人暮らし用にマンションを購入してもいいのではないかと検討し始めていた。

七彩の父は都内に三店舗ほど店を抱える飲食店の経営者で、現在は七彩の両親、祖母が都内に暮らしている。七彩も充に結婚を申し込まれるまでは実家で暮らしていたのだが、家族からの結婚のプレッシャーに耐えかねていた。

ひとり娘の行く末が心配な両親と早くひ孫の顔を見たい祖母の気持ちとは裏腹に、恋愛に興味のない七彩は最近実家の居心地が悪くてたまらなかったのだ。

大学を卒業する時点で一人暮らしをするという選択肢もあったのだが、両親や祖母の反対に遭い、実家生活のメリットもありズルズルと家に居続けたのもよくなかった。

早く結婚をして安心させて欲しいと言う家族の気持ちもわかるが、今どき結婚に固執する考え方は古いとも感じていて、なかなか折り合いをつけるのが難しい。

そんなとき、充からいきなり結婚を申し込まれたのだった。

「本城さん、恋人は?」

見送りのためにエレベーターを待っていた七彩に、充はいきなりそんな質問をしてきた。

いつも紳士的な充がそんな不躾《ぶしつけ》な質問をしてくると思わなかった七彩はガッカリしてしまった。プライベートな付き合いのない女性にいきなりそんなことを聞くのは失礼だ。

「ど、どうなさったんですか、突然」

これまで培った全スルースキルを総動員しようと、七彩が作り笑いを浮かべたときだった。

「俺と結婚しないか？」

「……は？」

「俺と結婚して欲しいんだ」

仕事以外で特に付き合いのない充に突然そう言われて、七彩は頭が真っ白になった。なにも考えられなくなるというのはこういうことなのだとあとになって思ったものだ。

「あのぅ……おっしゃっている意味が……」

司法書士は親身になって顧客の話を聞くのが仕事だし、これまでにも何度も変わった顧客の対応をしてきたが、いきなり結婚を申し込まれるのは初めてだ。

もしかして丈琉と相談してからかっているのだろうか。

「突然のことで驚いたよね。でも話だけでも聞いて欲しい。今夜仕事が終わったら連絡をもらえないかな」

充はポケットから名刺入れを取り出すと、名刺の裏にサラサラと携帯電話の番号を書き込み七彩に手渡した。

「あ、え……こ、困ります！」

七彩が断りの言葉を口にした瞬間エレベーターの扉が開き、充がサッと乗りこんでしまう。

「連絡待ってるから」

呆然《ぼうぜん》としているうちにエレベーターの扉が閉まる。

「ま、待って！」

ハッとしてエレベーターのボタンに飛びついたが一足遅く、充を乗せたエレベーターは行ってしまった。

ひとりホールに取り残された七彩は、夢でもみていたのではないかと手の中に残された名刺とエレベーターの扉を交互に見つめることしかできなかった。


七彩のことは以前から知っていた。あまり飾り気のない地味な見た目だが、清潔感のある女性という程度の印象だった。

素材は悪くないが本人がお洒落《しゃれ》に興味がないのだろう。後ろにひとつにまとめた髪に太い黒縁の眼鏡。いかにも学生時代に一生懸命勉強しましたというお堅い印象の女性だった。

「まあ座れよ。おまえがプライベートな相談なんて珍しいな」

大学時代からの友人、井浦丈琉はそう言うと先にソファーに腰掛け、背もたれに身体を投げ出し長い足を組んだ。

ここは井浦法律事務所の応接室で、所長の代から使い込まれたイタリア製の黒い革張りのソファーがギュッと音を立てた。

「茶化《ちゃか》すなよ。今日は顧問弁護士じゃなく友人に相談に来たんだから」

「……もしかして女じゃないだろうな？」

丈琉がニヤリと笑う。あながち間違いでもないと思った充は肩を竦《すく》めた。

「おい、マジか？　面倒くさい女に手を出したんじゃないだろうな？」

「そういうんじゃない。ただ、結婚を迫られててね」

「なんだよ。そこまで話が進んでるのか？」

丈琉が好奇心丸出しの顔で身を乗り出したときだった。

応接室にノックの音が響いて、トレイを捧《ささ》げ持《も》った女性が入ってきた。

「失礼します。コーヒーをお持ちしました」

女性は何度か打ち合わせに同席したことのある本城七彩だ。

「わざわざ七彩ちゃんが持ってきてくれたのか」

「丈琉先生の秘書の夏実《なつみ》さん、風邪でお休みなので」

「ああ、そうだったね。でも今日は弁護相談じゃないからわざわざいいのに」

丈琉はそう言いながら先にカップを手に取った。

「そういうわけにはいきませんよ。松坂さんはうちの大事な顧客じゃないですか」

本城は丈琉に向かってちょっと顔を顰《しか》めると、充に笑顔を向けた。

「丈琉先生はこんなこと言ってますけど、どうぞお気になさらないでくださいね」

その笑顔に、充も思わず唇を緩める。

「ありがとう」

いつもは事務的な会話しか交わしていなかったが、こんなに親しみを感じたのは初めてで、彼女が出て行ったとたんつい尋ねてしまった。

「彼女、独身だっけ？」

「七彩ちゃんのことか？　ああ。一見地味だが、あれはなかなかの美人だぞ」

丈琉の言葉に充も内心頷いていた。化粧は社会人として最低限の申し訳程度だが、その分透き通るような肌の白さが際立って見えたし、背が高くすらりとしていて、百八十ある身長の自分と並んでも遜色ないだろう。

「ほら、去年温泉に社員旅行に行ったって話をしただろ。あのときたまたま女性陣の風呂上がりに遭遇したんだけどさ、見た目が変わってなかったのは彼女だけだった。あの眼鏡もかけてなくてさ、旅館の地味な浴衣なのに楚々《そそ》としてそれがまたいいんだ。そのあとの宴会では地味な普段着にいつもの眼鏡に戻っていたから、あれを見たのは俺だけじゃないかな。まあうちは男の割合の方が多いから、あれぐらい地味にしてくれていた方がトラブルにならなくていいけどね」

確かにあの太い黒縁眼鏡はいただけない。眼鏡だけでも今風のすっきりとしたデザインに変えるとか、コンタクトにすればもっと見栄えがするだろう。

「それで？　女性関係で相談なんておまえらしくないな」

丈琉の問いに、充は自分の悩みを思いだし溜息《ためいき》をついた。

「正確には祖父が問題なんだ」

「会長が？」

「ああ。今手がけている企画の最終案が固まって、他の重役からの承認も取り付けた。あとは会長の決裁だけというところまできて、決裁は出せないと言い出したんだ」

充は頷いた。

「それって……おまえがもう二年近くかけて準備してきたアレだろう？」

「理由を尋ねたら、企画の内容云々ではなく、俺が独身でいるのが気に入らないなんてわけがわからないことを言い出してね」

充は祖父の言葉を思いだして溜息をついた。

祖父龍太朗は主に日本全国でリゾートホテルを展開する会社を経営しており、最近は海外にも進出し始め、起業当初に比べるとかなり規模の大きな会社となっている。

龍太朗が会長兼社長、充はその下で専務取締役として業務に携わっているのだが、どちらかといえばこれまで龍太朗は充を信頼して、提案に口を出すようなことはなかった。

しかも今回の企画は当初から龍太朗も乗り気で話を進めていて、決裁を断られるなど考えたこともなかった。だから充は半ば怒りに任せて龍太朗に詰め寄った。

「会長！　今さらなにを言い出すんですか！　この話は当初から会長も乗り気だったじゃないですか」

「私はおまえに何度も早く身を固めるように言ってきたはずだ。そのたびにおまえは三十までには考えますと答えただろう？」

確かに龍太朗のしつこい結婚口撃をかわすためにそんなことを言った記憶があるが、それとこれとは別だ。この企画にはすでに多くの人が携わっていて、今さら中止するなどとは言えないところまで話が進んでいる。祖父だってわかっているはずなのに、いきなり結婚の話を持ち出すのはおかしい。

「この企画と俺の結婚は別の問題でしょう？」

「いいや、同じだ。私もそろそろおまえに実権を渡して、残りの人生はのんびり過ごしたいと考えている。今回の企画が成功すれば役員会でもおまえを社長にと推薦しやすくなるだろう」

「それは……」

将来的に龍太朗の跡を継ぎこの会社を率いていくつもりでいるが、それを急ぐつもりはなかった。幸い龍太朗は大きな病気もなく元気だし、そのつもりがないようだが、一応充の父も役員の席に名前だけは連ねているのだ。

充の両親は現在ほとんど日本にはいない。表向きは充の母と共に松坂リゾート開発担当者として海外の候補地を探すとなっているが、実際には放蕩《ほうとう》息子の外遊が長引いていると言う方が正しい。

ひとり息子として甘やかされて育った充の父は経営に興味を持つわけでもなく、かといって他の職業に興味を持つこともなく大学を卒業した。

当たり前のように松坂リゾートに入社し、龍太朗の勧めで結婚したが相変わらず仕事に熱心な様子も見せないところから、このままでは社員に悪影響を与えるとして会社から追い出された。もちろん本当に追い出しては世間体が悪いので新会社を作り、リゾート開発の視察をするという名目を与えたのだ。

実際にリゾート開発は進んでおり、充の父が視察した場所も採用されているので放蕩息子には向いている仕事だったのだろう。

しかし息子の教育ですっかり懲りてしまった龍太朗は、孫の充は日本で教育を受けさせると言って自分の手元に呼び寄せ、改めて経営者として育て始めた。

二度と同じ轍《てつ》を踏みたくなかった龍太朗は、充に厳しく接したらしいとあとになって母から聞かされた。

らしい、というのは充自身龍太朗がどれほど父を甘やかしたのか、自分との扱いの違いを知らなかったからで、厳しくされたことで龍太朗に反感を覚えたことがなかったからだ。そもそも甘やかされた父から見た厳しいの基準がわからなかったのもある。

「突然そんなことを言われても困ります。なによりこの企画を成功させるので手一杯で、今は結婚のことなんて考えている暇は」

「では真剣に考えてみるんだな。この企画をどうしても進めたいというのなら、自分で実権を握って指示すればいい」

「……」

龍太朗のあまりにも無茶《むちゃ》な提案に、充はむっつりと顔を顰めて黙り込んでしまった。しかし龍太朗にはそれも想定内なのか機嫌良く言った。

「どうだ。パーティーではよく女性に言い寄られているそうじゃないか。気に入った女性はいないのか？　もし家柄や育ちを気にしているのなら私が相手を見繕ってやるから見合いをしてみるのも手だぞ」

将来的には身を固めることも考えてはいるが、今は仕事を優先したい。妻を持ったらそれなりに時間を取られるし、今のように思いきり仕事だけに専念するというわけにはいかなくなるだろう。

大学時代の友人の中にはすでに結婚した者もいるが、今のご時世家庭を顧みない夫はすぐに愛想を尽かされるらしく、みんな妻や子どものために多くの時間を使っている。

もちろん自分も結婚したら家事もするし子育てにも参加しようと考えているが、それは今ではないと思っていた。然《しか》るべきときが来れば考える。何度もそう口にしてきたが、龍太朗は一向に理解してくれない。

「そうだ、前に高円寺《こうえんじ》の叔母さんがおまえに見合いを世話したいと言っていたんだ。そのときはおまえはモテるしわざわざ世話してもらう必要もないと断ったんだが、一度連絡してみよう」

どうやって祖父の口撃を誤魔化《ごまか》そうかと考えているうちに話が飛び火してしまっている。

「ちょっと待ってください！　そのことについては俺もちゃんと考えがあるんです」

まるでそれらしき相手がいるような充の言葉に、龍太朗が興味深げに眉を上げた。

「……ほう、そうなのか？」

あまり余計なことを言って期待をさせたくはないが、ここはなんとか切り抜けるしかない。

「まだ詳しくは話せませんが……」

「どうしてだ」

「相手もいることですし、俺の一存では」

少し言い過ぎたかとも思ったが、今は決裁を取る方が先決だ。とりあえず匂わせておいて、あとで別れたとでも言いつくろえば問題ないだろう。充がどうやって龍太朗を納得させようかと考えたときだった。

龍太朗が思案するような顔で黙り込み、それからゆっくりと口を開く。

「わかった。それならその女性ときちんと話し合ってから私に紹介するんだ」

「……え？」

「どうした？　結婚を考えての付き合いなら紹介するぐらいかまわんだろう？」

「……も、もちろんです」

あとに引けなくなった。というか、お茶を濁して誤魔化すつもりがドツボにハマってしまったらしい。

充は顔を顰めたいのをなんとか堪えて唇に笑みを浮かべた。

「では……その件については改めて連絡しますが、企画の承認の方よろしくお願いしますよ」

「おまえこそ、今度こそいい話が聞けるのを楽しみにしているからな」

龍太朗の意思の強そうな眼差《まなざ》しに、充はとんでもないことになったと頭を抱えたい気分だった。


「なんだ。つまり女の問題っていうのはそういうことか」

充の話を聞いていた丈琉が噴き出した。

「な？　結婚を迫られてるって言っただろ」

「俺はもっとこう、どこぞの女を孕《はら》ませたとか、思わせぶりな態度をしたら女につきまとわれているとか、もっと生々しい話を期待してたんだけどな」

丈琉の落胆した表情に充は顔を顰めた。

「茶化すなよ。俺はこれでも真剣に悩んでいるから相談に来たんだ」

「ふーん……まあおまえも覚悟を決めるときが来たってことか。いいじゃないか。おまえなら喜んで結婚したいって女性がいるだろ。その中から一番美人で一番賢そうなのを選べばいい」

まるで安売りのカゴから野菜でも選ぶような口調は、間違いなく他人事だと思っているのだろう。

「おまえ……真剣に考えてないだろ？」

「考えているさ。俺の父親が会長みたいでなくてよかったってな」

丈琉は女にだらしないとか無責任とまでは言わないが、恋愛にたいしてあまり真剣味があるようには見えなかった。

以前酒の席の軽口で「来るものは拒まず去るものは追わず」だと話していたから、普通の恋愛には興味がないのかもしれない。

「どちらにしても決裁を取るためには偽でもなんでも結婚相手を仕立てて会長に紹介するしかないな。そういう無理を聞いてくれそうな女はいないのか？」

「いるわけないだろう。そもそも結婚なんてまだ先のことだと思っていたんだから」

そう、今すぐしないだけでいつかはするつもりだったのだ。どうしてこんなことになっているのだろう。相手がいるかのように匂わせた自分が悪いのを棚に上げ、充は祖父の提案が理不尽に思えてならなかった。

そもそも結婚と仕事は別だ。この企画に関わった人たちの生活がかかっていて、祖父の気まぐれで中止にさせることなど有り得ない。

「さすがのおまえも会長には太刀《たち》打《う》ちできないな。この際金で人を雇って婚約したふりをしてもらうっていうのはどうだ？」

「それは……あまりいいアイディアじゃない。相手を紹介しようものなら、祖父は間違いなくそのまま結婚まで押し切ろうとするだろう。女性を仕込むならかなり準備が必要だ」

「とりあえず今夜飲みにでも出掛けておまえ好みの女性を探すっていうのはどうだ？　俺も付き合ってやるよ」

「それも……気分じゃないな」

というか、そんな付け焼き刃で祖父を騙《だま》すことはできないだろう。

「おいおい。それじゃどうやって会長を納得させる女性を探すつもりなんだよ」

丈琉が呆《あき》れるのも仕方ないが、そう簡単に決められるような問題ではないのだ。

できれば身元がしっかりとしていて、万が一にでも結婚を迫ってくるようなことがない女性がいい。婚約者のふりをしているうちに本気で妻の座を狙われたりしたらたまらないからだ。

丈琉の言う通り最終的に金で人を雇うという方法もあるが、それは本当の最後の手段にしたい。丈琉ならなにかアイディアを出してくれるかと期待していたが、やはりそんな簡単にはいかないらしい。

「手っ取り早く事情を察してくれる女性がどこかにいないもんかな」

思わず充の口をついて出たぼやきに、丈琉が噴き出した。

そのあともしばらく雑談をしていると、再びノックの音がして本城が顔を出した。

「お話中失礼します。丈琉先生、三時でお約束のお客様がいらっしゃいました」

「ああ。もうそんな時間か。悪い、この件についてはあとでゆっくり話し合おうぜ」

「ああ、忙しいところ悪かったな」

本城が席を立った充の見送りにエレベーターホールまでついてくると、申し訳なさそうに頭を下げた。

「お話のお邪魔をしてしまい申し訳ありませんでした」

「とんでもない。俺の方が予定をねじ込んだんだ」

充はそう答えたものの、頭の中は祖父に出された問題の対処のことで一杯で、返事はうわの空だった。本城もそれに気づいたのか、やはり自分の責任だと思ったようでシュンとして口を噤《つぐ》んでしまう。

充はふと先ほどの丈琉との会話を思いだし、もう一度本城を見つめた。確かに楚々とした清潔感があり、よく見なくてもかなりの美人なことがわかる。

ロングスカートとジャケットで隠れているが、背が高くかなりスタイルが良さそうだ。これまで本城のことをそんな目で見たことがなかったが、出るところに出ればかなり人目を惹くタイプだろう。

「本城さん、恋人は？」

充はふと頭の中に浮かんだ考えに、そんな問いを口にしていた。

彼女なら容姿はもちろん接客態度や仕事ぶりを見ていても文句のつけようもないはずだ。なにより丈琉の部下で彼の評価が高いところも信頼に値する。

「ど、どうなさったんですか、突然」

不躾な質問だと思ったのだろう。本城の儀礼的な笑みに動揺が走る。

もう彼女しかいないのではないだろうか。仕事以外で繋《つな》がりなどないのにどうしてそんなことを思ったのか、充はあとになって何度か自問した。

切羽詰まっていたというのが一番の理由だが、彼女ならうまくやってくれる。そう自分の中のなにかが囁いたのだ。

「俺と結婚しないか？」

唇をついて出た言葉に、充は内心ギョッとした。もう少し段階を踏むとか、前置きをするとか手順があったはずなのに、出てきたのは不審以外のなにものでもない言葉だった。

案の定、本城のすっきりとした鼻筋にさざ波のような皺《しわ》が刻まれる。

「……は？」

「俺と結婚して欲しいんだ」

人生初のプロポーズだというのに断られる未来しか見えない。

これまで勉強でも仕事でも努力して、恋愛もそれなりに経験してきた。女性に振られた経験もなく、人生で大きく躓《つまず》いたことなどなかった自分がこんな無様な姿をさらすなんて信じられなかった。

「あのぅ……おっしゃっている意味が……」

本城は顧客相手だからにべも無く断ることができないのだろう。曖昧に言葉を濁し充を見つめ返してくる。

突然こんなことを言われて怒りだしてもいいはずなのに、冷静な女性だと胸を撫《な》で下《お》ろしながら次の言葉を考えた。

やはりこんな立ち話ではなく、きちんと順序立てて彼女と話がしたい。この場で断られることだけは避けたかった。

「突然のことで驚いたよね。でも話だけでも聞いて欲しい。今夜仕事が終わったら連絡をもらえないかな」

充はポケットから名刺入れを取り出し、その裏に急いでプライベート用の携帯の番号を記し、本城の手の中に滑り込ませた。

「あ、え……こ、困ります！」

本城は一瞬呆けて我に返ったのか名刺を返そうとしたが、充はそれよりも早く開いた扉の間に身体を滑り込ませる。

「連絡待ってるから」

早口でそれだけ言うと、彼女の返事を待たず閉じるのボタンを押してしまった。

「ま、待って！」

扉が閉まる瞬間慌てて扉に手を伸ばす本城の顔を見て、充は思わず笑みを漏らした。

＊＊＊　＊＊＊　＊＊＊

「連絡をくれてありがとう」

普段仕事以外で男性と交流のない七彩には眩しすぎる笑顔に目が眩《くら》みそうになりながら、曖昧な笑みを浮かべて頭を下げた。

「お待たせしてしまってすみません」

「待ってないよ。時間通りだ」

その紳士的な返答に、実際は十分ほど遅刻してしまった七彩は恐縮しながら充の向かい側に腰を下ろした。

彼が待ち合わせに指定してきた場所はカジュアルな店ではなく、いわゆる七彩の周りの友だちなら記念日や特別なお祝いなどに利用するような高級フレンチだった。

仕事帰りだからジャケットこそ着ているけれど、お店の雰囲気に合っていない自覚はあるからさらに気後れしてしまう。

七彩だってそういう席だとわかっていればドレスコードを守るぐらいのマナーをわきまえているが、今日は突然のことでどうしようもなかった。

彼の方こそそれぐらい気づいてくれればよかったのにと思ってしまうが、案外彼にしてみればこういった店で食事をするのは日常茶飯事で、特別でもないのかもしれない。

昼に突然結婚を申し込まれたときはさすがに驚いて、充の言葉は聞かなかったことにするつもりだった。しかし落ち着いてあれこれ考えているうちに、突然あんなことを言い出すほど彼が切羽詰まっていたのだと考えるようになり、その事情を聞くぐらいならいいのではないかと好奇心が勝ってしまったのだ。

自分も日々家族に結婚を急《せ》かされていたから、なんとなく共感してしまったのかもしれない。

しかしちょっと話を聞くつもりだった七彩は、本格的な店に呼び出されたことですっかり逃げ腰になっていた。できれば事情も聞かずにさっさと手を引いた方がいい気すらし始めていた。

「あの、昼のお話の続きなんですけど」

椅子に座るなりそう口にした七彩に充は苦笑しながら手をあげた。

「ちょっと待って。先にオーダーをしよう」

充の合図でウエイターがメニューを差しだしたので、仕方なく口を噤む。本当ならカフェかどこかで簡単に話を聞くものだと思っていたのだ。

こんなふうにちゃんとしたレストランでは話だけ聞いて席を立つこともできないと思いながら、七彩も手渡されたメニューを覗き込んだ。

「苦手なものはある？」

嫌いなものと言わずに苦手なものと聞く充の言葉選びに、彼が気遣いのできる大人の男性なのを感じ、七彩は素直に答えた。

「特には。でもフレンチのメニューはあまり詳しくないです」

「じゃあ俺が選んでもかまわない？　ここは肉なら鴨《かも》、シーフードならホタテのソテーなんか美味《おい》しいけど」

充の言葉にウエイターも頷いた。

「本日は北海道産のいいホタテが入荷しております」

「じゃあシーフードをメインにしよう」

充がオーダーを決めている間、七彩はメニューブック越しにまじまじと彼の顔を見つめた。

これまで仕事相手としてしか見ていなかったけれど、容姿端麗で大企業の御曹司である彼がどうして自分なんかに突然結婚を申し込んできたのだろう。

オーダーの仕方ひとつとってもスマートで洗練されているし、この短時間一緒にいるだけでも彼が女性にモテる人であることは間違いないとわかる。

それなのにただの取引先の、仕事以外の言葉を交わしたことのない女性に結婚を申し込むなんて考えてみればおかしな話だった。

そんなことを考えていた七彩は、次のウエイターの言葉を一瞬聞き流してしまいそうになる。

「もうお一方様のご到着をお待ちしてから作り始めますか？」

「いや一緒でかまわない。もう近くまで来ていると連絡がきたから」

「承知いたしました」

やっとウエイターの言葉を理解した七彩が驚いてテーブルセッティングを見ると、確かに三人分のカトラリーが並べられている。

結婚なんてプライベートな話だからふたりきりだと思い込んでいたが、この状況で誰が同席するのだろう。

充は七彩の困惑に気づいていないらしく、ウエイターにメニューブックを戻しながら七彩に向かってはにかむような笑みを向けた。

「本城さんみたいな若い女性と食事をするのは久しぶりだから、なんだか照れくさいね。最近は会食といえば仕事関係ばかりなんだ」

七彩から見たら充はその辺を歩いている一般男性とは格が違うと感じていたから、意外に普通っぽい反応に一瞬もうひとりの存在を忘れてしまいそうになったときだった。

「丈琉」

七彩の背後に向かって充が手をあげる。

「……えっ⁉」

七彩がギョッとして振り返ると、そこにはウエイターに案内されてこちらに歩いてくる丈琉の姿があった。

「丈琉先生……？」

「七彩ちゃん？　充、どういうことだ？」

どうやら丈琉も七彩が同席することを知らなかったらしい。充に険しい視線を向けた。

「どういうことなのかちゃんと話を聞かせてもらおうか」

「そのつもりだよ。おまえに同席してもらった方が彼女にも安心してもらえると思ってね」

充は丈琉の厳しい言葉に怯《ひる》む様子もなく余裕の笑みを浮かべる。

「とりあえず座れよ。ちょうどオーダーをしたところなんだ。食事をしながら説明するから」

ウエイターに合図を送ると程なくしてワインや料理が運ばれてきた。

充がかいつまんで今日の出来事を丈琉に説明し、七彩にも自分の事情を話してくれたが、別世界の話すぎてまったくリアリティが感じられなかった。

会社の跡を継ぐために結婚をするとか、両親は海外で暮らしているとか、七彩の知っている世界の話とはずいぶんとかけ離れている。

なによりいきなり結婚を申し込まれるなんて特殊な状況はマンガやドラマなどフィクションの世界だけだろう。むしろ趣味の上ではそういうシチュエーションは大好物だが、それはあくまでも第三者目線だから面白いのだ。

いざ自分がその渦中にいると説明されてもまったく現実味を感じなかった。

「ということは、ふたりは以前から付き合っていたとかそういう関係じゃないんだな?」

すべてを聞き終えた丈琉が、疑うように充の顔を見つめる。念を押すような言葉に、七彩も充に倣って何度も大きく頷いた。

「ああ。おまえの会社のスタッフに手を出したりなんかしてないから安心してくれ」

その言葉に丈琉が安堵《あんど》の顔で小さく息を吐き出した。

「まったく……確かに誰か見繕えとは言ったが、手近なところで済まそうとするなよ。七彩ちゃんも急なことで驚いただろ。わざわざこいつに付き合ってこんなところまで来ないできっぱり断ってくれたらよかったんだよ」

「それはそうなんですけど、まあ、好奇心もあったというか……」

七彩はそう口にしてから急に恥ずかしくなった。

最初は早く帰りたかったはずなのに、結局最後まで食事に参加してしまった自分の流されやすさに愕然《がくぜん》とする。丈琉から見ればこんなところまでのこのこ来てと思っているのかもしれない。

「それで本題に戻りたいんだけど」

七彩の葛藤を知ってか知らずか、充が食後のカフェに口をつけながら言った。

「俺は本城さんと結婚したい」

「……っ」

たった今話を聞き充の事情を理解したはずなのに、やはりその言葉にドキリとしてしまう。

「期間は一年。衣食住に関しては責任を持つ。祖父へのアリバイ工作があるから俺のマンションで同居してもらう必要があるけど、部屋はたくさんあるから安心して。月に一、二度夫婦同伴の集まりへ一緒に行ってくれればあとは好きにしてくれていい」

「おい、いい加減にしろよ。取引先の御曹司にそんなこと言われたら強く断れないと思って」

気色ばんだ丈琉の様子に、七彩はとっさに口を開いた。

「そのお話お引き受けします！」

七彩は自分の口から飛び出した言葉なのに、その内容に驚いて手で唇を覆う。

「七彩ちゃん⁉　別に取引先だからって気を遣う必要ないんだよ。仕事とはまったく別の話なんだから」

「いえ、そういうのじゃないんです！」

丈琉の狼狽《うろた》えた様子を見て慌てて口を開く。

「じ、実は私実家に住んでいまして……なにか合法的に実家を出る方法はないかなってずっと考えていたんです。一人暮らしはダメだってずっと反対されていて、結婚ぐらいでしか家を出るタイミングがなくて……だから考えてみたら松坂さんのお話は渡りに船かなって」

松坂に結婚を申し込まれたときは本気にしていなかったが、話を聞いているうちに相手が誰であれ結婚という手段なら大手を振って家を出ることができると気づいたのだ。

もちろん最初は松坂の話を受けるつもりはなかったが、向こうがそういう理由なら七彩には好都合だった。むしろ全力で協力するので、こちらの方こそよろしくお願いしますという気持ちになっていた。

「結婚の既成事実を松坂さんのお祖父様《じいさま》に認めてもらえればいいんですよね？」

「ああ。祖父への顔見せと親族の食事会。あとはさっきも言ったけど月に一、二回妻同伴のパーティーや交流会といった集まりに付き合ってくれればいい。もちろんそのときの服や靴なんかの費用はこちらで負担させてもらう。それ以外は自由だ。ああ、婚姻契約期間中は男性とふたりきりで食事とかは遠慮してもらいたいが。スキャンダルになったら困るからね」

「承知しました。男性に関しては問題ありません。特に結婚も考えていませんし、交際している男性もいませんから」

というか、自身の結婚より推しの結婚、推しの人生を応援するのが忙しいんです！　っい勢いでそこまで言いそうになったが、さすがにそれは飲み込んだ。松坂に引かれてこの話がご破算になったら困ると思ったのだ。

「それじゃあさっそく祖父に」

そう言いかけた充の言葉を遮ったのは丈琉だった。

「俺は反対だ！　確かに人を雇うとか誰かに頼めとは言ったが、それは金でけりがつく後腐れない相手という意味でうちのスタッフじゃない」

「彼女がいいと言ってるんだ。なんの問題もないだろう？　これは仕事にはいっさい関係のない個人と個人の契約だ」

先ほどの言葉を逆手に取られた丈琉は苦虫を噛《か》み潰《つぶ》したような顔になる。しばらく怖い顔で充を睨《にら》みつけていたが、諦めたように溜息をついて肩の力を抜いた。

「わかった。それなら俺は今回の契約の立会人になる。七彩ちゃんが不利にならないように契約書を作るし、おまえが勝手なことをしないように監視する」

「俺はかまわないよ」

七彩は丈琉の言葉にホッと胸を撫で下ろした。いつの間にかすっかり充の話に乗り気になっていたが、冷静に間に入ってくれる人がいるのはありがたい。

法律に携わる仕事をしているとはいえ、やはり自分のこととなると間違いを指摘してくれる人がいると思うと安心できる。しかしその反面、丈琉が抱えている仕事量を思いだして心配になった。

「丈琉先生が立ち会ってくれるのは助かりますけど、そこまで甘えてしまうのは先生に負担があるんじゃ」

ただでさえたくさんのクライアントを抱えていて忙しいのだ。所長が数年後の引退に向けて少しずつ自身のクライアントを丈琉に引き継いでいるところで、七彩もそのいくつかに関わっていた。

「俺ならかまわないよ。それより充から七彩ちゃんを守る方が重要だからね」

「丈琉先生、ありがとうございます」

七彩がテーブル越しに頭を下げると丈琉が首を横に振る。

「なにかあったらすぐに相談するんだよ」

まるで子どもに言いきかせるような言葉だが、丈琉の気遣いが嬉《うれ》しくて素直に頷いた。

すると充がわずかに眉を上げる。

「ずいぶんと……仲がいいんだな」

その言葉に丈琉が噴き出し充をからかう。

「契約前から嫉妬か？　これぐらいで嫉妬するなら契約結婚なんてやめておけよ」

「そうはいかないってわかってるだろ。大丈夫だ。俺たちは契約上の関係なんだから嫉妬なんてしないさ」

充があまりにもキッパリと言い切ったので、七彩はこの人は距離をとった付き合いを望んでいるのだと理解した。そして必要以上にこの人を好きにならないよう自分の心に刻みつけた。

2

あのフランス料理店で話をした翌日には、さっそく丈琉が契約書を作り充と七彩に提示した。

一　婚姻期間は一年の期限付とする。
二　松坂充は婚姻期間中、本城七彩の衣食住に責任を持つこととする。
三　婚姻期間中は同居のみで、男女の関係を求めないこととする。
四　婚姻期間中は他の異性との関係を持たない。

七彩と充の希望を聞いて丈琉が作った契約書を要約するとこんな内容だった。そのほかにも生活費の振込口座についてや、充の希望に応じてパーティーなどに出席するときに必要な服や靴を買うためのクレジットカードのことなど事細かに記されている。

これを読む限りいくら妻役を手に入れたとしても充にとってあまりにも不利でメリットが少ない契約なのだが、丈琉はこれでも足りないぐらいだという。

「どうせなら離婚後の慰謝料代わりに高い結婚指輪を用意させようか」

「な、なに言ってるんですか！」

ただでさえ妻のふりをするだけの役に生活費を出させているのに、これ以上充に無駄な出費をさせるわけにいかない。

それなのに充まで、

「ああ、いい案だ」

と、丈琉の言葉に頷いて、結局銀座の高級宝飾店の指輪を贈られてしまった。

「こ、こんなの困ります！　奥さんのふりをするときだけつけるのならジルコニアとかのイミテーションでいいじゃないですか。そもそもお互いにメリットがある契約結婚なんですから、これは離婚のとき絶対お返ししますからね！」

七彩は必死でそう訴えたが、充は曖昧に笑みを浮かべるだけでそれ以上なにも言わなかった。

結局丈琉主導で七彩に有利な契約書が作られ、丈琉が立ち会いの上でサインをすることになってしまった。

「松坂さん、本気でこれにサインするつもりですか……？」

七彩は書面を見て思わず口にしてしまった。

どう見ても七彩贔屓《びいき》の契約書で、男性としても経済的にも充にメリットがあるとは思えない。それなのに充は七彩の問いに微笑《ほほえ》むと、その場でなんの躊躇《ためら》いもなく契約書にサインした。

「君はこちらにもサインを。俺の分はもう記入してあるから」

そう言って差しだされたのは婚姻届、そして離婚届だった。

確かに期間限定の契約結婚だから離婚届も必要だが、両方に同時にサインするなんて本当にマンガの世界みたいだ。

充の言葉の通りすでに夫の部分には達筆な文字で記入されていて、七彩は戸惑いながら用紙を手元に引き寄せた。

契約結婚なんてたまにマンガや小説といった二次元では目にする言葉だが、こんなふうにあれこれ手続きがあるなど想像したこともなかった。

今さらながら本当にこの書類に名前を書いてもいいのか、そして契約結婚などしてもいいのかと自分に問いかけたときだった。

「やっぱりやめればよかったと思ってる?」

まるで心を見透かすような充の言葉に七彩はビクリと肩口を揺らした。

「どうしてですか?」

自分はそんなにわかりやすく躊躇う仕草をしただろうか。

「君は俺にメリットがないと言ったけれど、俺は君が妻になってくれるだけで十分メリットがあると思っているよ」

艶のある黒い瞳で真っ直ぐに見つめられて、七彩はギュッと心臓を鷲《わし》づかみにされたような気がした。

まるで本当に充にプロポーズをされ、求められて結婚するみたいな気持ちになる。

「七彩ちゃん、迷っているなら断ってもいいんだよ。君はまだサインしてないんだから」

丈琉がそう助け船を出したけれど、七彩は首を大きく横に振ってその申し出を断った。

「大丈夫です。私が自分で決めたんですから」

七彩はそう言うとボールペンを手に取って、契約書、婚姻届、そして離婚届の順にサインをした。

「これでいいですか？」

「ありがとう」

充は安堵したように唇に笑みを浮かべて頷いた。

「祖父との顔合わせと君の両親への挨拶が済んだらすぐに提出したいんだけどかまわない？」

七彩は今回の目的がプロジェクトの成功だったことを思いだし頷いた。

充は余程切羽詰まっていたらしく、三人で結んだ契約の翌々日には祖父の龍太朗に引き合わされた。

龍太朗は聞いていた話よりも物腰柔らかで、少なくとも七彩には優しいおじいちゃん、好々爺《こうこうや》というのが第一印象だった。

「七彩さん、よく来てくれました。孫の恋人がこんなに美人で素敵な女性だとは思っていませんでした。充に聞いてもいつものらりくらりで結婚など考えていないんじゃないかと思っていたが、井浦先生の事務所のお嬢さんとお付き合いしているとは盲点だったな。清楚《せいそ》で美人で司法書士なんて才色兼備だし、おまえの仕事にもメリットがあるだろう。いやいや、最近は先生の方が来てくれるから事務所に伺っていなかったが、こんな美人なお嬢さんがいるとは知らなかった。七彩さん、これから充をよろしくお願いします」

七彩は手放しの褒め言葉に恥ずかしくなった。

実は龍太朗に会う前に充行きつけのセレクトショップに連れて行かれて頭のてっぺんからつま先まで、すべて彼好みに変えられたばかりだったからだ。

年配者に会うということでスカートが長めのフェミニンなワンピースに上品なジャケット、靴は当然ローヒールのパンプス。鏡に映るいかにも良家のお嬢さん風の服装に恥ずかしくなった。

「うん、いいね。でもその眼鏡はいただけないいな。視力、そんなに悪いの？　コンタクトにすれば？」

試着の様子を見守っていた充の言葉に七彩は首を横に振った。

「実は……だて眼鏡なんです」

「え？」

充は一瞬呆けたあと、なにを思ったのか突然座っていたソファーから立ちあがり七彩の前にやってくると、抵抗する間も与えずサッと眼鏡を取り去ってしまう。

「あ」

まじまじと顔を覗き込まれて、その視線の強さに頬が自然と赤くなっていくのを感じた。

「か、返してください……」

「なるほどね。男避けってことか」

充は七彩の言葉が聞こえないかのように呟《つぶや》いて、さらにジッと見つめてくる。まるで着ていたものを突然剝《は》ぎ取《と》られたような羞恥を覚えて、七彩は充に背を向けた。

「そういうわけでは……でも、今まで色々誤解されて」

自分の容姿が人目を惹いていることは幼い頃から気づいていた。見た目の良《よ》し悪《あ》しがわからないときから周りの大人にちやほやされ、幼稚園のときは三人の男の子に結婚を申し込まれたのだ。

やがて小学校で周りの女の子たちが自分たちの容姿を比べるようになり、容姿が恵まれていることが嬉しくてたまらない時期もあった。が、実際には賞賛ばかりではなく、それには必ず妬みがついて回った。

男子に贔屓《ひいき》されている、可愛いから調子に乗っていると言われ仲間はずれにされたことも一度ではない。

中学では仲のよかった友だちが好きだった男子に告白されて、その子に横取りされたと言いふらされ学年のほとんどの女子から一斉に無視をされこともある。

そんなときひとりでネットを色々漁《あさ》っているうちにマンガやゲームにはまるようになり、二次元の良さに気づいてしまったのだ。

誰に邪魔されることなく推しの幸せを願うことができ、そのことに誰が口出すと言うこともない。もちろんネット上で七彩の容姿にケチをつける人もいない。これまで他人の目に敏感になっていた七彩は初めて落ち着く居場所を見つけた気がしていた。

そんな中ではまったのが少年マンガの『サイキック探偵』だった。

特別な力を持った青年カイトとその友人ショウが超能力を駆使して依頼を解決していくバディもので、間もなく連載開始から二十年になろうとしている人気作品だ。

作中では公式のノーマルカップリング、つまり男×女のカップルが誕生するのだが、ファンの解釈で作り出された男性×男性というカップリングがあり、七彩もその解釈にすっかりはまってしまった。

次々とアニメ化や映画化が進められ、出会いから十年以上経《た》った今も根強い人気がある。その間に色々なアニメにはまったが、最終的に戻ってくるのは『サイキック探偵』だった。

基本は自分の中だけで完結できて、ネット上なら顔を合わせることがなく同じ趣味の人

たちと交流することができる。もちろんネット上にもイジメや妬みが存在するが、そういうときはそっとフェードアウトするだけでいい。リアルに疲れていた七彩には願ってもない居場所だった。

リアルでは誤解されるようなことは口にせず、男子には近づかないように、そして女子の中ではこれだから美人はと誤解されるような発言は口にしない。それは精神的にかなり疲れるもので、七彩にとってネットは周りの目を気にせず自由に自分の考えを口にできる素晴らしい場所だった。

すっかり『サイキック探偵』にはまった七彩は、もう二次元の世界だけで十分、親しい友だちはいらないし、特に男子とは関わりになりたくないとまで思うようになった。

眼鏡は顔の一部という人もいるがまさにその通りで、初対面の人はこの眼鏡に目がいくらしく、七彩を守るために重要なアイテムだった。

女の子にしては高すぎる身長は誤魔化しようがなかったが、目立たぬように俯《うつむ》いていたら自然と猫背になりパッとしない女子のできあがりで、これまではそうやって自分を守って過ごしてきた。

一年限定の契約結婚の相手にそこまで話す必要はなかったが、充は狼狽える七彩の様子を見てなにかを察した様子だ。その証拠に折りたたんだ眼鏡を七彩の手に返しながら言った。

「これからは俺という夫がいるんだから隠す必要はない。もし男にちょっかいをかけられたら夫がいますってはっきり断ればいい。そうだろ、奥さん」

充は自信たっぷりにそう言い切ると、目尻を少し下げて七彩に微笑みかけた。

まさに二次元そのものの笑顔に心臓がドキンとして、それから実は充は二次元の存在なのではないかと心配になった。

こんなスパダリ発言は七彩の知る限り二次元でしか有り得ない。というか、これまでは二次創作の神々が作った作品をありがたく摂取させてもらっていたが、充の言動だけで自分でもあれこれ妄想できそうだ。

彼の発言をすべて記録していたら、自分も神々の仲間入りをしてしまうのではないかとおこがましいことまで考えてしまう。

しかもその後の充はさらにスパダリ力を発揮して、当面の食事会やパーティーなどで七彩が着る服を何着か見繕って自分のマンションに届けるように手配してくれた。

いちいち想像の上を行くので、七彩は自分が現実にいるのか、それとも二次元の妄想の世界にいるのかわからなくなってしまいそうだった。

そんな準備をしてから顔合わせに臨んだのだが、龍太朗が孫の嫁に相好を崩す様子に、緊張して臨んだ七彩は肩透かしでも食らったような気持ちになった。

龍太朗お気に入りだという神楽坂《かぐらざか》にある小料理屋の座敷で紹介されたのだが、龍太朗は終始機嫌が良く、充に聞いていた話のように無理に結婚を迫るとか、権力を笠《かさ》にどうこう言ってくるようなタイプには見えない。

「それにしても、私に急かされるまで紹介しないなんておまえも人が悪いぞ、充」

「言ったでしょう。彼女にも都合があるんです。俺より若いですし、仕事もしているんですから結婚と言ってもタイミングがあるんですよ」

充が面倒くさそうに言った。

いつも礼儀正しく他人を不快にさせるような表情などしたことがない充にしては意外な態度だが、身内の気安さが彼を素にさせているのだろう。

「ご挨拶が遅くなってしまい申し訳ございませんでした。まつざ……充さんからご両親は海外にいるから、帰国したタイミングにでも紹介すると言われていたものですから」

頭を下げた七彩を見て龍太朗の顔がさらに嬉しそうになる。

「そうかそうか。礼儀正しいいいお嬢さんじゃないか。本当に紹介するつもりだったんだな。実はおまえが結婚を考えているようなことを言ったときは、わしを丸め込むためその場しのぎの適当ないいわけを口にしたんじゃないかと思っていたんだ」

鋭い指摘に七彩の心臓がドキリと音を立てた。しかし当の充はそんなそぶりも見せずに苦笑する。

「当たり前じゃないですか。ちゃんと紹介すると言ったでしょう」

「悪かった悪かった。そういうことならさっそく息子たちにも連絡して結婚式の日取りを」

「お祖父様、そのことなんですが」

〝結婚式〟という龍太朗の言葉を充が慌てて遮った。

「実は急なことだったので、とりあえずお祖父様に紹介をして結婚式の準備はゆっくり進めようと七彩とは話をしているんです」

「どういうことだ」

「お祖父様に急かされて慌てて式を挙げるのではなく、準備にじっくり時間をかけたいと言ってるんですよ。彼女にとっては一生に一度のことですし、最高のものにしたいんです。それには時間がかかるのは理解してもらえるでしょう？　ですから先に婚姻届を提出して結婚式の準備をしながら企画を進めたいと考えています。結婚式には時間がかけられますが、すでに煮詰まっている企画にはタイミングが大事ですからね。その辺はお祖父様が一番よくわかっていらっしゃるでしょう？」

「それはそうだが……七彩さんはそれでいいのかね？」

龍太朗の言葉に七彩は大きく頷いた。

「お気遣いいただきありがとうございます。結婚式の件は私からお願いしたんです。充さんにはまずお仕事を優先していただきたくて」

予《あらかじ》め充と打ち合わせていた通りの言葉を口にする。

本当は結婚式をしてあちこちにお披露目《ひろめ》をしてしまったら離婚をするときに面倒だというのが理由なのだが、口にしてみるとそれらしく聞こえるものだと他人事のように納得してしまう。

「だが親御さんだってご心配なさるんじゃないのかい？」

「両親にはまだ説明していませんが、事情を聞けば納得すると思うのでご安心ください。それに母や祖母が喜んで式の準備を手伝ってくれると思います」

「そうかそうか。それなら顔合わせの日程だけでも決めんとな。いや、もしかしたら充の結婚を見ずに死ぬのではないかと心配していたがこれで肩の荷が下りるな」

もっとあれこれ尋ねられ口を出されるのかと思っていたが、龍太朗は孫娘ができたことが嬉しいのか満足げで、七彩が心配していた面会は穏やかなものになった。

もしかすると自分の両親の方が手強《てごわ》いかと心配していたがこちらもあっさり納得、というか母と祖母は充のイケメンっぷりに興奮してしまって、七彩は次第に恥ずかしくなってしまったほどだった。

先に同居を始めることを伝えたとき父が少し寂しそうな顔をしたが、充のマンションが都心にあることを聞き、仕事を続けるのならその方がいいだろうと納得してくれた。

両親と祖母が七彩の花嫁姿を見るのを楽しみにしている様子に初めて罪悪感を覚えたけ

れど、もう後戻りはできなかった。充もそう思ったのか、祖母の「せめて先に写真だけでも」という要望に快く頷いてくれた。

その後は両家の顔合わせや引っ越しの準備、婚姻届に職場への報告とやることが押し寄せてきて、それだけで七彩は結婚の大変さを実感してぐったりしてしまった。実際のカップルはこれに加えて数ヶ月から一年かけて結婚式の準備をしていると思うと頭が下がる。

仕事の複雑な司法事務手続きならどんなに面倒でも苦にならないのに、結婚式の準備となると母が買ってきたウエディング雑誌を見ただけでお腹《なか》いっぱいだ。逆にこれだけ大変なことを乗り越えてもかまわないという気持ちがないと結婚などできないのかもしれない。そう考えると自分はその情熱を推しに向けているからそんな気にならないのだと都合のいい理由も思い浮かぶ。

一年後に離婚すると言ったらどれだけ祖母がガッカリするだろうという罪悪感はあるが、七彩が一度でも結婚して向いていないと理解してくれればそれ以上は今までのように色々言われなくなることに期待していた。

離婚したあとはそのまま一人暮らしをするつもりだったし、堂々と実家から出るチャンスに安堵している自分もいる。

そしてわずかな不安を感じながら同居を始めてみると、すぐに充が想像していた以上に優れた同居人だということがわかった。

彼が住んでいるマンションは３ＬＤＫだったが、リビングだけでも三十畳ほどあり実家の自室がふたつみっつ入ってしまいそうな広さで、それとは別に七彩には個室がひとつ用意されていた。

離れがたくて実家から大量に持ち込んだ推しグッズの収納は心配しなくて良さそうだが、充に見られてドン引きされないよう注意しなくてはいけない。

「リビングやお風呂なんかの共有スペースは週二回家事代行業者を頼んでいるから、それ以外は気になったら各々で片付けることにしよう。それとお互いの私室には勝手に入らないこと。キッチンは好きに使ってくれてかまわないけど、毎日食事を作るとかそういったことは契約に含まれていないから必要ない。今月からは代行業者の人に追加で食事の作り置きをお願いしたから、冷蔵庫に入っているものは好きに食べてくれてかまわないよ」

掃除から食事の心配まで至れり尽くせりとはこのことだ。平日は仕事だし食事の心配をしなくていいのはありがたいが、これでは本当にただの同居人で彼の役に立っているとは思えない。

「それから」

充はそう言いながら一枚のクレジットカードを差し出した。

「日常必要なものがあったらこれで。金額に制限はないから家具なんかで必要なものがあったら買い足してくれてかまわないよ。それと今後パーティーや食事会に出席するための服や靴、アクセサリーで気に入ったものもこれで買ってくれ」

充は気前よく言ってくれたが、服やアクセサリーは先日たっぷり選んでもらったばかりで、引っ越してきたばかりだというのにウォークインクローゼットの中にはすでに新しい服や靴が並んでいる。

これ以上新しいものを増やしたら実家から持ってきた服が入らなくなってしまいそうだ。

多少の金銭感覚のズレはあったけれどふたりの生活は快適で、お互いこの契約結婚のメリットに満足して暮らしているのだと七彩はそう思い込んでいた。

充とうまくやれているのはお互いがいつまでも続く関係ではないと割り切っているからで、本当の夫婦ではないからこそ相手の生活に深入りせずいい距離感が保てていたのだ。

それなのにどうして充は急に契約を反故《ほご》にすると言い出したのだろう。

仕事の関係で契約結婚の期間を延長したいというのなら喜んで協力するつもりだが、昨夜の充の様子は違う。まるで本当に七彩のことを好きみたいだ。

そして充の爆弾発言の翌日。ベッドの中で目を開けた七彩は彼の言葉は夢だったのだと一瞬安堵した。しかしすぐに頭がはっきりとしてきて、夢ではなく現実なのだと思いだす。

これからどんな態度で充に接したらいいのだろう。七彩がそんなことを考えながらリビングに行くとすでに充がソファーに座っていた。

「……おはようございます」

おずおずと口を開くと、充が顔をあげる。

「おはよう。よく眠れた?」

いつもと変わらない充の笑顔に、自分ばかりが悩んでいるのがむなしくなって七彩は口元を綻ばせた。

「……あんまり」

「そうか。じゃあ眠気覚ましにコーヒーを淹《い》れるよ」

充は七彩の不眠の原因がわかっているのに敢《あ》えてそれには触れずキッチンに立った。

キッチンには外国製のコーヒーメーカーがあり、これまでもリビングで一緒になったときなどに何度も淹れてもらったことがある。考えてみれば少しは夫婦らしい時間もあったのだ。

「どうぞ」

「ありがとうございます」

コーヒーの香りを吸い込んでからマグカップに口をつける。朝一番のカフェインを味わっていたら、少しずつ頭がすっきりしてきた。

昨日は言いくるめられて契約更新に応じてしまったが、やっぱりこのままの関係を継続するのは不自然だ。そもそも充が本当の結婚をしたいと思うのなら、ほかにもっと相応《ふさわ》しい人がいるはずで、それは一晩経ってもやはり謎のままだった。

「七彩」

　充のことを考えていた七彩は本人に名前を呼ばれてドキリとして顔をあげた。昨夜から突然ふたりきりのときも呼び捨てにされるようになった。

「今日の予定は？　よければ一緒に外出しないか」

　その言葉にハッとした。昨日の騒動ですっかり忘れていたが今日は外出の予定があることを思いだした。とても大切な買い物で、この日を楽しみにしていたのだ。

「あの、今日は買い物があるので」

　誘ってくれた充には悪いが、こちらの予定の方が先に決まっていたのだから仕方がない。

「じゃあ俺も一緒に行こう。君がどんな買い物をするのか興味あるし」

「えっ⁉」

　予想外の返答に七彩の唇から声が漏れた。七彩としては断ったつもりだったからだ。

「お、面白くないと思いますよ？」

　これから買うものを見たら充がどんな顔をするのかと想像しただけで背中に冷や汗が流れる。絶対に彼を同行させるわけにはいかなかった。

「せっかくのお休みに私の買い物に付き合うなんてもったいないじゃないですか！」

「妻の好みを知るせっかくのチャンスだ。休日でもなければふたりでゆっくり過ごす時間もないしね」

「で、でもそんなに面白い買い物でもないですし、急いで行って急いで帰ってきますから、充さんはお留守番を」

「すぐ済むのなら一緒に行って終わったら食事にでも行こう」

「ええっ⁉」

なにを言っても言い返してくる充にどう対処していいのかわからなくなってくる。

「君を理解したいんだ、かまわないだろ？」

――むしろ幻滅すると思うんですが！

七彩はそう叫びたい言葉をなんとか飲み込んだ。

3

充に押し切られて同行させる羽目になったが、会場に足を踏み入れた瞬間、七彩はさっそくそれを許してしまった自分を殴り倒したい気分になった。

七彩が〝買い物〟と称したのは、個人が趣味の範囲で薄い本を作りそれを希望者に頒布するいわゆる同人イベントというやつだ。

最近ではニュースでも紹介されるような大規模な即売会もあり、かなり一般的に知られるようになった。今日の即売会はキャラクター限定で開催されるオンリーイベントと呼ばれるもので、ジャンルが限定されている小さな集まりだった。

充には薄い本の存在も知られてしまっているので会場に向かう車の中でどんなイベントなのか説明し、できれば車で待っていた方がいいと伝えたのだが「君を理解したい」という大義名分を掲げられて同行を許してしまった。

充同伴でイベント会場に足を踏み入れたとたん、会場の空気が変わった。賑《にぎ》やかな会場のはずなのに、七彩と充が通過するとざわめきの中にこちらを窺《うかが》う、息を潜めるような空気が広がっていく。

突然現れた二次元から飛び出してきたかのようなイケメンにあからさまに会場内の視線が集まってくる。

七彩だって突然充のような男性がイベント会場に現れたら二度見ぐらいして、そのあとは存在に気づかれないように息を潜めるだろう。

ふたりが通り過ぎると、少なくとも七彩の背中には嫉妬と羨望の入り交じった突き刺さるような視線が向けられているのを感じた。

わかる、わかるよ。私もそう思います。夫同伴で来てしまってごめんなさい……。

七彩は心の中で何度も謝罪した。

「それで？　七彩はさっきキャラクター限定って言ってたけど、どんなキャラクターなの？　俺も知ってる？」

充は微妙な空気や視線が気にならないのか、各サークルの机を覗き込んで興味津々だ。

七彩は心の中で売り子の皆様に頭を下げながら答えた。

「ええと……少年マンガのキャラクターです」

「なるほど。だから表紙に男性キャラクターのイラストが多いのか。ところで男同士抱き合ってる絵もあるけどBLってやつだろ？　君がこの前リビングに置き忘れていたやつ」

ひいいっ！　思わず唇から悲鳴が漏れそうになり慌てて飲み込む。

「そ、そうですけど！　そういうのは口にしないでください。ていうか忘れてください！」

それぐらい知っているぞ、とどや顔をされたけれど仮にも男性と面と向かってボーイズラブについて話をするのは恥ずかしくてたまらない。というか、もう恥ずかしさの次元を超えている。

今すぐ回れ右をして会場から逃げ出したかったが、ここまで来て目的のものを手にせず帰るのは悔しい。七彩はなるべく充のことを意識しないように手早く目的の頒布物を入手していく。

本当なら作者さんに前回の本の感想を伝えたり、新刊にサインをもらったりしたいところだが、さすがに充同伴でそこまではできなくて、七彩は慌ただしく会場をあとにした。

「七彩。君はこういう本を作ったりしないの？」

七彩の戦利品が入った手提げを持った充が、興味深げに袋の中を覗き込みながら言った。

会場内での緊張感から解放されたこともあり、ものすごい黒歴史について尋ねられたのに思わず素直に頷いてしまう。

「昔、学生時代にちょっとだけ友だちと手を出したこともあるんですけど、今は時間もないので」

「やっぱり！　今日の会場の熱気と七彩の様子を見ていたら、もしかしたら君も作ったことがあるんじゃないかって思ったんだ」

「……」

あの異様な空気に気づいていないのかと思ったが、さすがの充も肌で感じていたらしい。

しかし彼はオタク、しかもBLに偏見や嫌悪感を覚えないのだろうか。以前付き合った男性は七彩の趣味を聞いてあからさまに汚い生き物でも見るかのような目を向けたし、はっきり気持ちが悪いと口にした人もいた。

まあいくら二次元、妄想の話だとしてもネタにされている男性としてはいい気がしないという気持ちもわからなくもない。自分たち女性だって女性を性的なネタにする男性に嫌悪感を覚えることもあるからだ。

そう理解していてもやはり恋人にそんな視線を向けられると、自分の趣味がとてつもなくいかがわしく、不品行で世間に認められていない気分になってしまうのだ。以前にそんな経緯もあったから、普通に話題にしてくる充に戸惑いを感じていた。

だいたい世間で腐女子と呼ばれる趣味をすんなり受け入れてくれるイケメン（しかもスパダリ）が存在するのは二次元だけだ。

なんだか騙されているような気持ちになってしまうのは自分が卑屈になりすぎているからなのだろうか。

「あのぅ……充さんは……その、そういう創作活動とか気持ち悪い、とか思いませんか？」

七彩の言葉に充は一瞬目を丸くして、それからフッと口元を緩めた。

「どうして？　もしかして俺が君の趣味になにか言うと心配してたのか？」

優しく尋ねてくる声に七彩は素直に頷いた。

「俺の方が君のことを知りたいって頼んだんだ。それに自分の恋人の趣味を否定するのは違うだろ。俺の感想を言わせてもらうと、今日は知らない世界を体験できて面白かったよ」

「……っ」

――ダメだ。この人のことを好きになってしまいそうな自分がいる。

今までこんなふうに言ってくれた男性《ひと》はいないし、一言一言にこんなにドキドキさせられたこともない。

「七彩がやりたいことなら応援する。もちろん法に触れるようなことは勘弁して欲しいけど、君はそんな女性《ひと》じゃないだろ」

君のことならなんでも知っているというような言い方は聞きようによっては押しつけがましく感じてもいいはずなのに、不思議となぜか安心感がある。

うまく言えないけれど、自分のことをもっと知って欲しいと思う感情が生まれていた。

だが次の充の言葉に再び赤面し、穴にでも入りたい気持ちになった。

「自分の想像で本まで作るなんてすごい才能だね。頭の中だけで想像してそれだけで完結してしまう人の方が多いのにそれを形にしているんだ。それにそこまで熱中できる趣味があるのはうらやましいな。好きなことがあるとそのために仕事を頑張ろうと思えるだろ」

充の言葉に同意しかなくて大きく頷いてしまったが、褒めている内容はあくまでもオタクのいわゆる二次創作についてだ。

それをあまりに手放しで褒めるものだから、だんだん居心地が悪くなってくる。〝闇〟とまでは言わないが、どちらかといえば陰キャと呼ばれてもおかしくないような趣味なので、充の言葉は嬉しいが同時に擽《くすぐ》ったくてたまらなくなる。そんな理解のあるイケメンなんて眩しすぎて、直に見たら目が潰れるんじゃないだろうか。思わず目を覆ってしまいそうになりハッとして手を止める。

「七彩？」

挙動不審に見えたのだろう。充が心配そうに見つめてくる。その眼差しも温かく感じられて、七彩は胸がキュッと締めつけられた。

今日充に同行を許したとき、心のどこかでこの趣味を知ったら充は幻滅して離婚する気になってくれるのではないかという期待があったのだ。

トラウマとまでは言わないが、七彩の趣味を嫌悪した男性とは結果的にお別れすることになったから、充もそうだと勝手に決めつけていた。それこそ自分が一番向けられて傷ついてきた偏見を、充にも勝手に抱いていたのかもしれない。

「七彩、そろそろお腹が空《す》かないか？」

充が明るく言った。まるで七彩が自己嫌悪に陥っていたことに気づいていたようなタイミングだった。

「……お腹、空きました」

「よし。じゃあここからは俺の番だ」

充は車の後部座席に荷物を置くと、助手席の扉を開けた。

「少し遅くなったけど、ランチに付き合ってくれる？」

そう言って充が連れて行ってくれたのはオフィス街のホテルに併設されたカジュアルなイタリアンレストランだった。

店は半地下になっていて、予め予約をしてあったらしく眺めのよい窓際の席に案内される。ビルは吹き抜けになっていて温かな日が差し込んでいるが、直射日光に当たらないようシェードが張られていて過ごしやすそうな席だった。

吹き抜けの広場にもテーブル席がいくつか設置されていて、天気のいい夜は夜空を見上げながら食事ができそうだ。

「パーティーや会食以外で外食するのは初めてだろ？」

「よくいらっしゃるんですか？」

店の雰囲気の良さに、七彩は充を見た。

「以前に仕事でね。カジュアルで女性に人気のようだから七彩を連れてきたら喜ぶかなって思ってたんだ。気に入った?」

「はい。それにメニューも全部美味しそうです」

ウエイターが目の前に置いてくれたのは写真付きのメニューでどれも美味しそうに見え目移りしてしまう。するとウエイターがにこやかに言った。

「それではこちらのランチコースはいかがですか? 当店人気の窯焼きのピザも食べられますし、前菜もアラカルトになっています」

勧められたメニューは季節によって内容が変わるらしく、前菜にピザ、パスタ、メインの肉料理にデザートとボリュームがあるが確かに色々味わえそうだ。

なにより今月のパスタが七彩の好きな生ウニのパスタというのが気に入った。

「いいね。これにしようか。ああ、デザートはこっちに変えてくれるかな?」

充がメニューを指さしたが、七彩からはそれがなにかわからない。セットのメニューは旬のフルーツが添えられたチーズケーキだったから、充はチーズケーキが苦手なのかもしれなかった。

彼に君のことを知りたいと言われたが、自分もひとつ充のことを知ることができたと七彩は嬉しくなった。

午前中のイベントからこのデートコースはかなりの落差が激しいが、充にエスコートされるとこうなるのだろう。今まで付き合ってきた男性とはまったく違うけれどこんなふうにエスコートされるのも楽しい。

料理はどれも美味しいし充も優しく話しかけてくれるから、七彩は仕事の話や友人の話など質問されるがままに語ってしまった。

充にこんなに自分のことを話すのは初めてなのに彼が楽しそうに耳を傾けてくれ、ときおり声をあげて笑ってくれるから、いつもより饒舌《じょうぜつ》になってしまった。

そして気分のよくなっていた七彩は、運ばれてきた生ウニのパスタに子どものようにはしゃいでしまう。

「美味しそう！　私ウニ大好きなんです」

「うん、そうだと思った」

「え？」

「前にパーティーでウニのゼリー寄せを美味しそうに食べてておかわりしていただろ」

「……っ」

まさかそんなところを見られていたと思わなかった七彩は真っ赤になった。

「今日のメニューに載っているのを見たときも嬉しそうにしたからね。今度美味しいウニを食べさせてくれる寿司屋《すしや》があるんで、一緒に行こう」

「はい」

七彩は恥ずかしがっていたのも忘れて頷いてしまった。

それは大好きなウニが食べられるからではなく、充に次の約束を提案されたからだった。こんな気持ちになるなんて自分でも驚いてしまい、充に気づかれるのが恥ずかしくて七彩はそれを隠して料理に手を伸ばした。

肉料理が出たあとはデザートで、運ばれてきた皿を見て七彩のテンションが再び高くなった。

「デザートのアップルパイでございます」

白い皿の上には手のひら大に丸く焼かれたパイ生地が載っており、横から入った切れ込みから溢《あふ》れんばかりの温かなアップルフィリング、そしてバニラアイスが添えられている。

温かいパイに冷たいアイスクリームという最高の組み合わせに七彩は充に笑顔を向けた。

「私アップルパイも大好きなんです」

その言葉に充が嬉しそうに言った。

「よかった。これも当たってた」

「え?」

「君が欲望のままに好きなものを追求するタイプでよかったよ」

そう言うと充はいたずらっ子のようにウインクをした。

「もしかして……」

七彩は少し前に同じやりとりをしたことを思いだして顔を赤くする。オーダーのときは充自身が苦手なものとデザートを変更したと思い込んでいたのだ。

「うん。前にパーティーでも食べていただろ」

確かに好きなものはとことん味わいたいタイプだが、そんなにあからさまにわかるような態度だっただろうか。考えてみるとビュッフェでも好きなものは必ずおかわりをするし、なんなら好きなものは毎日食べても気にならないけれど、それを見抜かれていたと思うと恥ずかしい。

「……ありがとうございます」

七彩は頰の熱さを感じながらお礼を口にした。

「よかった。また七彩のことをひとつ知ることができた」

「……っ」

充の笑顔に心臓がまた跳ねる。七彩は気の利いた返事ができない自分を恥ずかしく思いながらアップルパイを口に運んだ。

焼きたてのパイ生地はサクサクで、温かいアップルフィリングとアイスクリームがよく合う。

コース料理でかなり満腹になっていたのに、大好きなアップルパイはあっという間に七彩のお皿から消えてしまった。

「はぁ……美味しかった」

七彩の唇から漏れた満足げな声に充がクスリと笑いを漏らす。

「気に入ってもらえたみたいでよかった。じゃあ、あと一口」

言葉と共に充は自分の皿に残っていたアップルパイとアイスクリームを大きなスプーンに載せると、七彩の前に差しだした。

「……え？」

「はい。あーんして」

「ええっ⁉」

「ほら、アイスが溶けるよ」

躊躇いながら口を開けると、冷たいアイスクリームと温かなアップルパイが同時に滑り込んできて口の中がいっぱいになる。

「んぅ」

最後の一口をもう一度味わうなんて最高の贅沢《ぜいたく》なのに、誰かに見られていることの方が気になってしまう。それに大きな口を開けている間もじっと充に見つめられていることも羞恥心を刺激する。充の視線が気になって、せっかくの一口を味わう余裕がなかった。

「ありがとうございます……」

「どういたしまして。残り物には福があるっていうから七彩にあげようと思ってね。俺のことも残り物だと思って受け入れてくれると嬉しいんだけど、どう?」

「……」

充が残り物というのは無理がある。

「充さんはむしろ満を持して登場したメインディッシュというか……」

七彩は思わず呟いてからハッとして充を見た。その顔は嬉しそうで、あの優しい目で見つめられて頬だけでなく耳まで熱くなっていくのを感じた。

「俺がメインディッシュならいつでも味わってくれてかまわないよ。それとももうお腹いっぱいかな?」

謎かけのような言葉に頭の中が真っ白になる。

やっぱり充は二次元で、実は現実に存在していない人のような気がしてきた。もしかしたら夢でもみているんじゃないだろうか。

そう疑ってしまうほど充とのデートはドキドキするのに、楽しくて仕方がないのだ。本当の恋人同士か夫婦になったみたいだ。

実際に結婚しているから事実上夫婦なのだが、充との結婚を継続すればこんな甘い日々を過ごすことができるのだろうか。

「充さん、私のどこがいいんですか?」

「今さらな質問……でもないか。昨日はそこまで話す雰囲気じゃなかったね」

充の言葉通り、七彩は突然の契約破棄に戸惑っていてそれどころではなかった。しかし何度考えても充が自分と結婚を継続することにメリットがあると思えないのだ。

「ただ君のことを好きになったたって理由じゃ納得できない？」

充はさらりと言ったが七彩にとっては予想外の、しかも衝撃的な発言だった。

「わ、私を好き……？　充さん、が？」

二次元スパダリにそんなことを言われて信じられるはずがない。頭の中がバグって文字化けしてしまいそうだ。

「いやいやいや！　そういう冗談が聞きたいわけじゃ！」

「どうして冗談だって決めつけるんだ。心外だな」

「だって……充さんみたいに素敵な人が私なんかを好きになるなんて有り得ません！」

「私なんかって、それは聞き捨てならないな」

朝からずっと穏やかな顔をしていたはずの充が不快そうに顔を顰めた。なんだか怒っているようにも見える。

「俺が好きになった人を、たとえ本人だとしても悪く言って欲しくない。君は素敵な女性だし、趣味のことを言っているのなら誰に迷惑をかけたわけでもないのだから胸を張っていいと思うよ。それでも自信が持てないというのなら、俺を好きにさせた自分を誇らしく思ったらいい」

「え？」

「俺は今まで女性を本気で好きになった記憶がない。もちろん嫌いな相手と交際してきたわけじゃないが、心から一緒にいたいと思ったのは君だけだ」

「……っ」

充の言葉すべてにドキドキしてしまってなにも言えなくなってしまう。

「ちなみに俺が君のどんなところを好きになったかだけど」

充が身を乗り出すようにして肘をついた。

七彩が一番知りたかった言葉に振り子人形のようにコクコクと頷くと、充がニヤリと唇を歪《ゆが》めた。

「七彩がすごく聞きたそうだから、次のデートのときに詳しく話すことにしようか」

「ええっ!?　そんな！」

「少しぐらい秘密を作っておかないとすぐに君に飽きられるかもしれないからね」

目の前に美味しそうな料理を置かれたのに、匂いだけでお預けを食らったようなものだ。

「次のデートはどこにしようか。君さえよければ平日の夜でもかまわない？　俺に与えられた時間は三ヶ月だから、全力で君を誘惑して夫婦生活を楽しまないとね」

充はそう言うと七彩に向かってバチンと音のしそうなウインクをした。

4

充の全力で夫婦生活を楽しむという言葉は本気だったようで、さっそく会社帰りにデートに誘われた。

これまで待ち合わせをしたり、平日仕事終わりに一緒に過ごした記憶といえばパーティーの同伴役と龍太朗との食事ぐらいだ。ここ一年の平日の夜といえば友人と会ったり趣味の時間を過ごしたりしていたから、純粋に男性とデートをするのも久しぶりだった。

充は先日のイベント同伴とランチもデートの一環だと言っていたが、やはり改めて待ち合わせをするのは特別感がある。

要するに待ち合わせに向かうときも待つ時間もそわそわしてしまって、時間が気になってスマホの画面ばかり見つめてしまい落ち着かなかった。

充が指定してきたのは七彩の事務所に近い駅のそばで、時間帯もあり待ち合わせの人で溢れている。七彩は人混みとスマホをぼんやりと眺めながらふと考えた。

いつまでこんな生活が続くのだろう。充は三ヶ月と言ったが、もし七彩が彼を受け入れなかったらすんなり諦めて離婚してくれるのだろうか。

充は七彩のことを好きだと言って、この三ヶ月で七彩を口説くと宣言したが、もし七彩が結婚継続を受け入れたときこうした時間を持てなくなるのだとしたら悲しい。

彼がそうだとは言わないが、釣った魚には餌をやらないというタイプの男性もいるから、こんなに甘やかされた生活を知ってしまった以上、充が手のひらを返したように冷たくなってしまったら男性不信になりそうだ。

どちらにしても決断は自分に委ねられている。最初は猶予をくれた充は優しいと思ったが、最終的に七彩に決めさせようとするのは彼に図られたような気がしてくる。

若くして大きな会社の専務にまで昇り詰めているのだから、かなりの策士であることは間違いないだろう。

「こんばんは。待ち合わせ？」

考えごとをしていた七彩の前にはいつの間にかスーツ姿の男性が立っていて、その距離の近さに驚いて顔をあげた。一瞬充だと思って笑顔になったが、目の前に立っているのは見知らぬ男性だ。

「……？」

「さっきからずっと立ってるけど、友だちが来るんだったら一緒に飲みに行かない？」

久しぶりのナンパだと気づき、七彩は自分の服装を思いだした。

充と一緒に歩くときは彼に恥をかかせないようワンピースやアンサンブルなどきれいめファッションを心がけるようにしていて、いつもの眼鏡は封印している。

長身のせいもあり人目を惹いてしまうから普段は目立たないよう気をつけているのだが、今日は充との待ち合わせに浮き足立っていてすっかり気を抜いていた。

「すみません。主人と待ち合わせているので」

なるべく冷たくあしらうのがコツなのに、自分の唇から自然と出てきた〝主人〟という言葉に唇が緩んでしまう。幸い男性はすぐに諦めて立ち去ってくれたのだが、すぐに別の男性に声をかけられた。

今度はふたり連れで、身をかわそうとした七彩を挟むように立たれてしまい行く手を阻まれてしまう。

「お姉さん、モテるでしょ～？」

一応スーツを着ているけれど、先ほどの男性よりかなりチャラい。

「美人が立ってるな～って思って気になって見てたんだよね。ねえねえ、俺たちと飲みに行かない？」

「結構です」

七彩は今度こそなるべく冷ややかに聞こえるよう感情を抑えて言った。

「え～そんな冷たいこと言わないでよ」

「そうそう。こう見えてコイツ傷つきやすいから」

反対側の男性が合いの手のように言った。

どうしてナンパをしてくる男性は塩対応に怯まないのだろう。もしかしたら鋼のメンタルの持ち主なのかもしれない。

「困ります。夫と待ち合わせをしてるので」

「えーまたまたぁ。じゃあさ、連絡先だけ交換しようよ。ね？　それならいいでしょ？」

「君の友だちも誘って飲み会しようよ」

なかなか引き下がらない男性ふたりに七彩が溜息を漏らしたときだった。

「うちの妻になにか？」

すっかり聞き慣れてしまった声に、七彩は顔を輝かせる。

「充さん！」

男性から見ても完璧な容姿の充の登場に、ナンパ男たちは表情を変えた。

「えっ⁉　夫って……」

「なんだよ、本物じゃん」

「いや、夫なんて断る口実だと思うだろ、普通！」

ふたりはモゴモゴとそんなことを口にすると、厳しい視線を向ける充に向かって「失礼しました！」と叫ぶとそそくさと姿を消した。

「大丈夫？　なにかされなかったか？」

充はそう言いながらいかにも大切そうに七彩の肩を抱き寄せた。同意のないスキンシップはなしという約束になっていたが、今はこうして肩を抱かれると守られていることを実感できて安心する。

「ごめん。俺が遅れたせいだ」

充の申し訳なさそうな言葉に時計を見たが、たったの五分で七彩にすれば誤差の範囲だ。

「全然待ってないですよ。私がぼんやりしてたから」

安心させるように微笑むと、充はやっと納得したのかホッと溜息を漏らした。

「はぁ……失敗したな」

「……？」

どういう意味だろうと首を傾《かし》げた七彩の前で、充が七彩の小さな耳殻に唇を寄せぼそりと呟いた。

「やっぱり……眼鏡が必要かもしれないな。俺の妻は魅力的すぎる」

「……ッ‼」

温かな息が耳に触れ、背筋にぞわりと震えが走った。

ゆっくりと顔をあげた充と視線が絡みつく。艶のある黒い瞳が七彩の顔を覗き込み、形のいい唇が満足げに歪んだ。わざと七彩を動揺させようとしたのだろう。

「み、充さん！」

この間のレストランでもそうだったが、充は人目が気にならないのだろうか。

ただでさえ男性との交際経験が少なく二次元の知識ばかりの七彩にとって充の言動は心臓に悪いのに、たくさんの人が通り過ぎる路上でそれをされるなんてキャパシティをはるかに越えてしまう。

それになにより、充と一緒にいると女性の視線が集まるのだ。

これまで一緒にパーティーに参加したときも同じようなことがたくさんあったのだが、そのときは誰もがうらやむ充の妻という役を演じているだけだったのであまり気にしていなかった。あのときはお互い演技だと割り切っていたからできたことで、契約を破棄し、結婚を継続しようとしている充相手では状況が違う。

「七彩？」

肩に触れた手が熱い。七彩は充の優しい声音にさらに鼓動が速まるのを感じた。

こんな魅力的な充は自分だけの中に留《とど》めておきたい。できれば今すぐ他の女性の目から隠してしまいたいぐらいに充に対して独占欲がわいていて、それは自分がすっかり充に惹かれている証拠だった。

二次元の推しにはまるときと同じぐらいどっぷり充という沼にはまってしまいそうで怖い。それは彼が求めているだろうもっと洒落た夫婦関係とは違う気がする。

「行こうか」

「は、はい」

七彩はたった数日ですっかり充に魅了されてしまった自分に不甲斐《ふがい》なさを感じながら、タクシーに乗りこんだ。

充が案内してくれたのは都内某所のマリーナで、すっかり暗くなった桟橋にたくさんのヨットやプレジャーボートなどがひしめき合っている様子がライトアップされている。

目の前にはクラブハウスと思われる三階建ての建物があり、レストランも入っているらしい。今日はここで海を見ながら食事をするのだろう。

「すごい。もしかして充さんもここの会員だったりするんですか?」

「うん。うちのクルーザーを預けてる」

「ク、クルーザー……」

充はさらりと言ったが、車を所有するレベルとはかなり違うはずだ。以前事務所の顧客でやはりクルーザーを所有している人がいて、そのときは確か数千万から億単位するという話を聞いた気がする。

この一年で充の家の資産レベルは理解したつもりだったが、まだまだ知らないことがたくさんあるらしい。

しかも充はさらにとんでもないことをさらりと付け足した。

「行こう。今日は東京湾の夜景を見ようと思ってうちの船を待機させているんだ」

「は？」

手を引かれて桟橋の奥へと連れて行かれる。ライトアップされたマリーナの中でも一際明るい一角があって、そこにはワイシャツにジャケット姿の男性、白いコックコートを着た男性、そしてソムリエのような黒いベストに腰に長いエプロンを巻いた女性が集まっていた。

「松坂様、お待ちしておりました」

「今日はよろしく頼む。さ、七彩おいで」

優しく手を引かれて初めて、目の前のクルーザーに乗りこむことに気づいて足を止めた。全長二十メートルはありそうな真っ白な船体は、ライトに映えてとても美しい。この規模のものを個人で所有していることに改めて驚きを覚えてしまう。

「七彩？　もしかして船苦手だった？」

「いえ。大丈夫です。ただすごいなぁって……」

七彩の子どものような感想に充が唇を緩めた。

「じゃあ船の中を案内しよう」

その言葉に七彩は頷いて充のあとを追った。

操舵席《そうだ》の後ろが広いキャビンになっていて、十数人が座れそうなソファーとテーブルが造りつけられている。螺旋《らせん》階段を上るとちょうどキャビンの真上にあたる場所にふたり分のテーブルセッティングが準備されていて、どうやらここで外の風を感じながら食事ができるようになっているらしい。

「どうぞ、奥様」

充が気取って椅子を引き、七彩が腰を下ろすと程なくして船がゆっくりと動き出した。

船はすぐにマリーナから水路を進み、東京ゲートブリッジを抜けて広い湾内に出た。その間に給仕の女性がシャンパンの入ったワインクーラーと前菜の盛り合わせを運んでくる。

「あとは自分たちでやるからいいよ」

女性がキャビンへと下りていくのを見送ると、充は自分でふたつのグラスにシャンパンを注いだ。

「この前は車で飲めなかったから、今日はすべてお任せにしようと思ってね」

そう充が小さく笑うだけで七彩の心臓が跳ねる。

「乾杯」

こんな素敵な船の上で夜景を見ながらシャンパンを飲むなんて生まれて初めてで、カチンと鳴るグラスの音に少しワクワクしてくる。

いつも充との育ちの違いとか実家の経済力の違いが気になっていたけれど、ここまで予想外のシチュエーションが続くと、もうこの状況を楽しんだ方がいいと思えてくるから不思議だ。

ライトアップされたレインボーブリッジに葛西《かさい》臨海公園の観覧車。お台場《だいば》や日《ひ》の出《で》桟橋周辺のビルもピカピカと光って美しい。

でも先ほど充は東京湾の夜景と言ったが、実際には東京湾から見る東京の夜景だ。もちろんそんな些末《さまつ》な指摘はしないけれど。

ムード満点な夜景を前に充とふたりきりというのはやはり少し緊張するけれど、他愛《たあい》ない会話をするのにも慣れて、時間はあっという間に過ぎていく。

東京湾をぐるりと回り運河を抜けてマリーナに帰るコースらしく、船はレインボーブリッジの下へと近づいていた。

「よし、せっかくだから真下から見よう」

確かにレインボーブリッジを真下から見るなんてめったにない。充に誘われて立ちあがりデッキに出るとそっと腰を引き寄せられる。その自然な仕草に七彩も抵抗せずに充に寄り添った。

本当はずっと前からこういう関係が当たり前だったのだと錯覚してしまう。充はどう感じているのか問いかける前に目の前に夜景が迫ってきた。

「わぁ……綺麗《きれい》！」

圧倒されそうな光の海に七彩の唇から歓声が漏れる。

「すごいです‼」

語彙力が子どもになってしまったような言葉しか出てこない。言葉では表現できないほどの光の渦に目を奪われてしまう。

首が痛くなってしまいそうなほど頭をもたげ橋を見上げていると、突然視界が暗くなって唇に柔らかなものが触れた。

それが充の唇だと気づいたときには離れていて、七彩は驚いて隣に立つ充を見上げた。

充との二度目のキスは、最初のキスと同じで突然で驚いたけれど嫌ではなかった。むしろ触れるだけのキスが少し物足りないなどと考えてしまい、七彩は自分のはしたない思考に恥ずかしくなった。

まだ契約破棄をされてから一週間ほどなのにすっかり気持ちが充に傾いてしまっている。充の手管が優れているからなのか、七彩があまりにも簡単に流されているからなのか悩ましいところだ。

気づくとジッと充の顔を見つめていて、その視線に気づいた充が不思議そうに首を傾げた。

「……もしかして怒ってる？　はしゃぐ君があまりにも可愛かったから」

どうやら七彩が突然のキスに怒って口を噤んでいると思ったらしい。七彩はふと頭に浮かんだ言葉を充にぶつけてみた。

「他の女の人もこうやって口説いたりしたんですか……？」

あとになって彼の過去の恋愛に嫉妬しているみたいだったと気づいたが、このときは純粋にそう思ったのだ。

充の方が年上だし経験も豊富だ。結婚にまで至らなくても様々な女性との邂逅《かいこう》があったはずで、これから彼と結婚生活を続けることになったとき、嫌でもその女性の存在が気になってしまうだろう。

七彩の質問に充はわずかに思案するような表情をしてから、ゆっくりと話し始めた。

「この船にふたりきりで招待したのは君が初めてだ。女性で括《くく》るなら家族や親戚がいるけど、それもひとりずつ名前をあげた方がいい？」

真摯な眼差しで見つめられ、七彩は恥ずかしくなって俯いた。なんだか心の奥底まで見透かされているような気がしたのだ。

「べ、別に名前までは……」

仕事なら会社の社長だろうがどんな威圧的な態度のクライアントだろうが快活に話すことができるのに、充が相手になると急になにも言えなくなる。

まるで恋をしたばかりの十代の女の子にでもなったような気持ちにさせられてしまう。

すると俯いている七彩の顎に充の手がかかる。あっと思ったときには上向かされて、再び充と視線を合わせることになってしまった。

気づけば船はレインボーブリッジの下を通り抜け、再び煌びやかな東京の街並みへと近づいている。

「キスしていい？」

ついさっき勝手にキスをしてきたのに、充がそんなことを聞いてくる。でも改めて尋ねられてすぐに頷けるはずがない。

「七彩、君との新しい契約では同意がなければ触れちゃダメだっただろ？　まあさっきのキスはお手つきだったから今度はちゃんと許可を取らないとね」

そう言いながらも顔を引き寄せられ、充の唇が瞼《まぶた》に押しつけられた。

「七彩」

唇が瞼から滑り落ち、頬でチュッと音を立てる。このままでは次は唇に触れられてしまう。七彩は無意識にわずかに頭を振った。

「や……こんなところで……」

船外と言っても双眼鏡でも使わなければふたりがなにをしているかなど陸からは見えない距離だ。わかっているのにそんな言葉を口にしてしまう。

「誰も見てない」

「でも……」

このまま唇を許してしまったら、もうこれ以上充に抵抗できなくなってしまいそうで怖い。

「ダメ？」

ダメ押しとばかりに囁かれて、七彩はこれ以上耐えきれなくなり小さく頷いて目を閉じた。

次の瞬間待ち構えていたように熱い唇が七彩の唇を覆う。

「ん……」

濡《ぬ》れた唇の感触にわずかに鼻を鳴らすと、後頭部と背中に手が回され強く引き寄せられた。

すぐに唇を割って濡れた舌が押し込まれて、七彩の中を探索するように動き回る。その動きは巧みで、初めてのキスのときと同じように七彩はすぐに夢中になった。

自分から舌を差しだし、もっと触れて欲しいとねだる。充はそれに応えて熱い舌で満遍なく舌や口腔を愛撫《あいぶ》した。

「ん……ぅ……は……」

呼吸の仕方を忘れてしまったみたいに息苦しい。お互いの粘膜が絡みつき、混じり合った唾液がピチャピチャと卑猥《ひわい》な音を立てた。

「……七彩、可愛い……」

唇を触れあわせたまま呟いた充の声は掠《かす》れていて、いつもより色っぽく聞こえる。この人とベッドを共にしたらどんな顔を見せてくれるのだろう。七彩が頭の片隅でそんなことを考えたときだった。

「……七彩、このあとはどうしたい？」

「……え？」

充は呟きながらも頬や瞼、額に何度も唇を押しつけてくる。キスの余韻に頭がボウッとしていた七彩は、その言葉の意味がよく理解できなかった。

まるで瞳に薄い膜でもかかっているような眼差しで充を見上げると、彼がジッと七彩の顔を見下ろしていた。

「君が望むならこの船に宿泊することもできるけど」

「……」

「それとも……ホテルの方がいい？」

「……」

これは、キスの続きをしたいという彼からのサインだ。

契約上七彩の同意が必要だから尋ねるふりをしているが、少しでも気を緩めたら彼の思うままになってしまうだろう。

一瞬だけベッドでの充を想像していた七彩は思考を読まれた気がして恥ずかしかったが、この流れで充とこの先に進むことが正しいことなのか判断がつかなかった。

このまま自分の気持ちを誤魔化して彼に身を委ねて本当に後悔しないだろうか。

「七彩?」

大きな手のひらが頬を撫でる心地よさに、耳元で聞こえる甘ったるい声。今まで経験したことのないシチュエーションに頭がパンクしそうだ。

今の中途半端な自分では充を受け入れることはできそうにない。七彩は壊れてしまった頭を叱咤《しった》して必死で言葉を探す。

「あの……少し時間をください。今日は……もういっぱいいっぱいというか……」

「うん」

「充さんとのキスは嫌いじゃない、です。でも……」

自分の気持ちがわからない。充に抱かれてしまいたいという気持ちはあるけれど、一時の感情に流されることに臆病な自分がいた。

「でも、私」

「わかった」

やっと口を開いた七彩の言葉を充が遮った。

「今日は急ぎすぎたね。まだ時間はあるから俺は君の気持ちが決まるのを待つよ。それがたとえどんな結果だとしても受け入れる。そういう契約だからね」

〝契約〟という言葉がなぜかずしりと七彩の胸にのしかかる。やっぱりこの結婚の継続も充にとっては新たな契約なのだ。本当の夫婦になりたいと言われたけれど、契約から始まった関係を本当の夫婦に変えることなどできるのだろうか。

そう考えると急に気持ちが現実に引き戻されて、頭の中を覆っていた霧が一瞬にして晴れる。

「そ、そうですよ……明日も仕事なんですから……」

そう呟くとするりと充の腕の中から抜け出した。

自分の意思でそうしたはずなのに、充の体温が消えてしまった船上は薄ら寒くて寂しくなる。

「もう中に入りませんか？　寒くなってきました」

七彩はわざと明るく言うと、先に立ってキャビンへの螺旋階段へ足を向けた。

5

充とのクルージングデートのあと、ふたりのマンションに戻った七彩は早口でお休みの挨拶を済ませると、足早に自分の部屋に逃げ込んだ。

あのとき充が遮ってくれなかったら、自分はなんと口にしていたのだろう。

充のことが好きかわからないけれどそれでもいいですか？　とか、そんな曖昧なことを言うつもりだったのだろうか。

恋に臆病になっているつもりはないけれど、結婚と恋は違うのに充に世話を焼かれたり優しくされたりすることに浮かれている自分がいる。契約結婚しているふたりが恋人同士みたいに過ごすことが新鮮で、それを手放したくないと感じている自分がいた。

そもそも充が魅力的なのが悪いのだ。相手が彼でなければこんなにも心が揺れたり、悩んだりしなかったと思う。ちょっとデートに誘われて、ムード満点の夜景の下でキスをされただけで陥落寸前なんて、自分の不甲斐なさが恥ずかしい。

充が自分のことをどう思っているか気にしている時点で、すっかり充沼にはまってしまっているのだが、七彩はそれを認めたくなかった。

今さらだが、どうしてこんなに頑《かたく》なに充のアプローチを断ろうとしているのだろう。

容姿端麗で財産もある。恋人としても、もちろん結婚相手としても理想的な相手なのだから拒む必要などないはずだ。

最初から魅力的な男性であることは気づいていたし、そんな相手だからこそ惹かれないように、彼は同居人でこれは契約であると言いきかせてきたのだ。

そう考えるとこの話を提案されたときから、彼のことが心の奥底では好きだったのかもしれない。

この一年よく自分の感情を無視して充の妻役を務めてきたと思うけれど、最初に丈琉の介入があって、逐一ふたりのことを気にしていてくれたことがある意味歯止めになっていたのかもしれなかった。

しかし自分のことを好きになるはずなどないと思っていた相手からこんなにもアプローチされたら、もうその魅力に逆らうことなどできなかった。なにより初めてキスをされたときもときめいてしまったのに、二度目のキスは明らかに七彩も楽しんでしまった。

今日は揺れる七彩の気持ちを察した充が逃げ道を作ってくれたが、彼も七彩の変化に気づいていたからこそだろう。

いつもなら職場で嫌なことがあったり人間関係で悩んだりしても、推しのアニメやマンガを読めばそちらの世界に意識が飛んで楽しく過ごせるのに、今日はスマホの画面に映ったアニメの映像を見ても頭に入ってこない。

自分が一番好きなのは『サイキック探偵』のカイトとショウで、ふたりが幸せでさえあれば、もう現実で人を好きになったりしないと思っていたのに。

ふと船上での充とのやりとりを思いだし、七彩は大変なことになっていることに気づいた。

あのとき充は七彩に「キスをしてもいい？」と尋ねた。それはふたりの新しい契約の上で身体の関係になるためにはお互いの同意が必要としたからなのだが、充が七彩と近づきたいと思っている以上、この先の関係を続ける鍵を握っているのは七彩ということになる。

つまりは彼に抱かれたい、彼を受け入れたいと思ったら七彩が自分から彼にそれを告げないといけないことになる。

――充に自分から抱いて欲しいと告げる？

七彩は一瞬そんなことを想像して、慌ててそれを打ち消した。

これまで男性に積極的にアプローチをするどころか、告白すらしたことがない自分がスパダリの充相手にそんなことができるとは思えない。

つまりは彼を受け入れるにしろ断るにしろハードルが高いということだ。いや、七彩にとってはハードルどころか高くそびえ立つ壁と例えた方が正しいのかもしれない。

考えれば考えるほどドツボにハマってしまいそうで、七彩はスマホを放り出してベッドに潜り込んだ。

＊＊＊　＊＊＊　＊＊＊

「お疲れさま」

丈琉にそう声をかけられたのは、同僚とランチから戻ってきたときだった。

「七彩ちゃん、ちょっといい？」

常に丈琉との仕事は抱えているが今は急ぎの案件はないはずで、なにか追加の書類手続きが出たのだろうかぐらいの気持ちで丈琉のオフィスに足を踏み入れた。

「なにか急ぎの仕事ですか？」

そう尋ねると丈琉は苦笑いを浮かべながらソファーに腰を下ろす。

「いや、充との契約がどうなったかと思ってさ。もう一年で離婚の期日は過ぎたはずだろ。充も君もなにも言わないから、立会人として一応確認しておこうと思って」

「あー……」

契約変更のことを丈琉に報告するのをすっかり忘れていたのを思いだして、申し訳なくなった。それと同時に、丈琉にならこのおかしな状況を聞いてもらえるのではないかと思った。

「もしかしてもうとっくに離婚済みだった？」

丈琉の問いに七彩は力なく首を振って、充の向かいに腰を下ろした。

「実は……まだ離婚できてなくて」

「どういうこと？　まさか充がわがままを言って契約延長をしたいと言い出したんじゃないだろうな？　それなら追加で慰謝料を」

眉を寄せ険しい表情になった丈琉を見て七彩は慌てて口を開く。

「ち、違うんです！」

七彩がかいつまんで事情を説明すると、安堵してくれると思った丈琉の表情がさらに険しくなった。

「それって、契約違反じゃないか」

厳密に言えばその通りなのだが、その後新たな契約書を作ったのは七彩自身だ。自分で書類を作った以上、同意したとみなされても文句は言えない。

しかし丈琉はその七彩の考えに納得がいかないようで、しかめっ面を崩す様子がない。

「七彩ちゃんは離婚するつもりだったんだろ？」

「それはそうなんですけど……」

最初に婚姻の継続を持ちかけられたときはなにがなんでも離婚しなければと思っていた

が、今はそんな気持ちはなくなっている。むしろこのまま充との結婚を継続することになったらどんな生活が待っているかの方が気になって仕方がない。

さすがにすっかり充沼にはまっていて、彼を受け入れてもいいものなのか迷っているとは言えず口ごもっていると、なにかを察した丈琉が溜息をついた。

「七彩ちゃんが今も本当に離婚したいと思っているのなら俺が協力する。だから充に気を遣う必要なんてないよ」

丈琉は充の友人でもあるのだから彼の味方をしてもいいはずだ。でも丈琉は最初から一貫して七彩の味方をしてくれていて、契約結婚をすると決めたときも、七彩に有利な条件を並べ立てて契約書を作ってくれた。自分の学生時代の友人で事務所の大口顧客相手なのに、だ。

「ありがとうございます」

丈琉の気遣いに、七彩は改めて頭を下げた。

「じゃあ俺から充に連絡を」

七彩の礼の言葉を肯定と取ったのか、目の前で電話をかけ始めそうな勢いの丈琉を慌てて止める。

「ま、待ってください！」

「七彩ちゃん？」

「あの、充さんとは三ヶ月って期限を決めていて、もし私がそのときにも離婚したいと思っていたらそのときは離婚に応じるって言ってくれているんです。それに」

七彩はいったん言葉を切って俯いた。

「私も……もう少し充さんと一緒に過ごしてもいいかなって。全力で離婚したいって気持ちにはならないというか。それにほら、どうせ私は彼氏もいないし、契約が三ヶ月延びただけですし……」

たった今離婚できないという相談をしていたのに虫がよすぎるかもしれない。最初からそれが目当てで充との契約結婚を受け入れたと思われても仕方がないと七彩が上目遣いで丈琉の様子を窺ったときだった。

「……そっか」

丈琉が溜息交じりに言った。それは七彩が心配していた呆れているという感じではなく、安堵しているように聞こえた。

「実はさ、いくら本人たちが同意しているとはいえ契約結婚なんて認めちゃいけなかったってずっと後悔していたんだ」

「丈琉先生、最初から反対でしたもんね」

「うん。でも七彩ちゃんが迷っている様子を見たら、君には悪いけど充にとってはよかったのかなって。君はしっかりしているのに男慣れしてないところがあるから、今まで大企業の跡継ぎっていうフィルターをかけられて、女性に追い回されていたあいつにはお似合いだと思っていたんだ。ただ、だからって君にあいつの相手を強要するわけにはいかないからね。あいつに君はもったいないって思ってたし。だから、七彩ちゃんがあいつとの結婚を継続してもいいって思ってくれるなら、親友として嬉しい」

「丈琉先生……」

充の親友だからという理由もあるのだろうが、ここまで心配してくれていたなんて知らなかった。

「もちろん七彩ちゃんがやっぱりあいつを選ばなかったとしても俺は応援する。そのときは俺が責任持ってあいつと離婚させてやるから安心していいよ」

「はい」

七彩は笑顔で頷いた。今日帰ったら充にこの話をしようか。きっと余計なお世話だと顔を顰めるだろう。その顔を想像して七彩が小さく笑いを漏らしたときだった。

「ところでさ、あいつはなんて言って七彩ちゃんを口説いてるわけ？」

「エッ⁉」

がらりと変わって興味津々といった態《てい》の丈琉の言葉にギョッとする。

「あいつ昔から付き合っている女の子については秘密主義で、友だちが集まって彼女の話なんかするときも、絶対に自分の彼女ののろけ話とかしないんだよね。教えてよ。今後のためにあいつの弱みを握っておかないと」

「そ、そんなの……ナイショです！」

これまでの充の言葉の数々を思いだすだけでも恥ずかしくて、寝る前にベッドの中で思いだしたときなど上掛けに包《くる》まってゴロゴロと転がり回って身悶《みもだ》えてしまったのだ。それを丈琉相手に披露することなど絶対にできなかった。

丈琉は七彩の反応を見てニヤリとしただけだったが、男同士の友人はみんなこんな感じなのだろうか。確かに女性同士も集まると恋人の話になったりするが、充が外で自分のことを話しているところを想像したら恥ずかしい。

幸い親友の丈琉に対しても秘密主義のようだから安心だが、自分も外では充の話をしないようにと心に決めた。

丈琉とそんな会話を交わしてから数日、充は仕事が忙しいようで平日の夜に一緒に外出をする時間もなく、帰宅も深夜に近いことが多くなった。

これまでも充の帰宅が遅いことは多く大変な仕事だと思ってはいたのだが、お互い干渉しないのが同居を円滑に進める秘訣《ひけつ》だと思っていたので、特に七彩から声をかけたことはなかった。

ただ忙しいときはヘルパーさんが作りおいてくれている食事に手をつけている様子もないし、いつからか胃に優しいスープなどを作って朝食に勧めるようにしていた。

最初充は驚いていたけれど「自分の分を作るついで」という七彩の言葉に、ときおり朝食を一緒に食べるようになった。

その日も深夜が近づいても充の帰宅がなく、七彩は明日の朝ご飯のためのスープを仕込むことにした。

仕込むといっても市販の鶏《とり》ガラスープの素で野菜を煮込むという簡単なもので、それに溶き卵を入れれば栄養もあるし疲れた充にはちょうどいいだろう。

七彩が味付けを終えて時計を見上げたときだった。玄関の開く音がして、様子を窺うとスーツ姿の充がリビングに入ってきた。

「おかえりなさい」

「七彩。まだ起きてたの？」

キッチンに立っている七彩を見て少し驚いたようだが、キッチンから漂う匂いに頬を緩めた。

「いい匂いだ」

「今スープを仕込んでたんですけど、よかったら召しあがります？　できたてですよ」

「じゃあいただこうかな」

「はい。すぐに準備しますから手を洗ってきてくださいね」

七彩はテーブルにランチョンマットを敷きながらもう一度スープを温めると、皿にスープを注いでテーブルに運んだ。

ジャケットを脱ぎネクタイを外した充が椅子に腰掛けるのを見てから果物を切るためにキッチンに戻る。冷蔵庫のオレンジを取り出すと、ダイニングから充の声がした。

「いただきます」

「はーい」

手早くオレンジを切り分けガラスの器に盛り付けると、小さなフォークと共に充の前に置いた。

「果物も食べてくださいね。充さんビタミン不足の顔してますよ」

「ありがとう」

なんだか本当の夫婦みたいだと思いながら充の向かいの椅子に腰を下ろした。

充とのやりとりが自然で、彼の健康を気遣うのが自分の役目だと思える。というか、この役目を誰かに譲ることなどできないと思ってしまった。

「ごちそうさま。美味しかったよ」

「お粗末様でした。褒めてもらうほどのものじゃないですけど。果物なんて切っただけですし」

七彩の言葉に充が首を横に振る。

「そんなことない。今日は酒の席に顔を出してきたんだけど、夕食を食べそびれていたから助かった」

　仕事とはいえ食事もせずに酒を飲むなんて身体に悪そうだ。充には秘書がいるはずだが、そういった健康面を心配したりはしないのだろうか。

　もしかしたら妻がいるのだからそれは妻の役目だと思っているのかもしれない。

「あの、充さんさえよければ遅くなる日は簡単なものを準備しておきますけど。前にも遅くなると食事もほとんど取らないって言ってたじゃないですか」

　一応今は妻なのだからかまわないだろうと提案すると、充が申し訳なさそうな顔になる。

「それは嬉しいけど、それだと七彩の負担になるだろ。会食で遅くなることもあるし、せっかく作っても食べられないこともあるかもしれない。それに君に家事負担がないことも契約のひとつだし」

「それは以前の契約じゃないですか。随時アップデートが必要だって言ったのは充さんですよ。スープはもともと朝ご飯用ですから無駄にはなりませんし……もし、本当の夫婦になるんだったら、私は充さんの支えになりたいです」

　まだ返事をしたわけではないが、同居人としてだってもう一年も一緒にいるのだ。それぐらい心配させて欲しい。

「さすが俺の奥さんだ。男心を操るのがうまいね」

「もう！　そうやって茶化さないでください」

充はからかうように言ったけれど、それ以上断るつもりがないらしいことに七彩はほっと胸を撫で下ろした。

ふたりの間に流れる和やかで親密な空気に、七彩は思いきってもうひとつの提案を口にした。

「充さん、今週末とかのご予定はいかがですか？　よかったらふたりでどこかに行きませんか？」

七彩から充を誘うのは初めてだ。これまでのデートはイベントに同行したのは別として、すべて充が用意してくれたものだ。今回は充にアドバンテージを取られない場所で彼のことを観察してみたかった。

それに彼ももう七彩がすっかり充沼にはまっていることは薄々感じているはずだ。だとしたらこのまま中途半端に自分の気持ちと向き合わず、充を焦らすような態度をするのは失礼だろう。

できれば自分が感じていることを素直に伝えられる機会を作りたかった。しかし七彩の申し出に充は残念そうに眉尻を下げた。

「ごめん。土曜日はどうしても午前中にはずせない仕事があるんだ」

「……そ、そうですか」

七彩にしては頑張って提案したつもりだったから、仕事だから仕方がないと頭では理解しているのに自然と顔に落胆が表れてしまう。

　すると充が慌てて言葉を付け足した。

「そんな顔しないでくれ。大丈夫。朝からは無理だけど昼には終わるから、一緒に昼食を食べて午後から出掛けたりはできる」

「でも、休日出勤なら無理しないでください。私なら別の日でもいいですし」

「せっかく七彩が誘ってくれたのに断る手はないだろ。それに次の日はちゃんと休めるから大丈夫だよ。そうだ、七彩がお昼に会社まで来てくれたらその分一緒に過ごす時間が増えるだろ。かまわない？」

「もちろんです！」

　充の提案に七彩はふたつ返事で頷いた。

　こうしてお互い譲り合うのも、なんだか本当の夫婦に近づいている気がする。こうやって過ごしているうちに自然と夫婦になっていくのだろうか。

　土曜日の朝、七彩は充を仕事へと送り出すとさっそく昨日のうちに買いそろえてあった食材をキッチンに並べた。

　どこか昼食の予約をしておくと言った充に、七彩は今日の予定は誘った自分が考えたいから、なにもしないで欲しいと伝えたのだ。

　最初はいくつかお店をリストアップして予約をしようと考えていたのだが、どこを選んだとしても充が支払いをしようとするだろうし、なにより彼がなにを好きなのかも知らない。

　これまでフレンチやイタリアン、高級懐石などに同席したことはあるが、特に好きなものの話をしたことはない。七彩が作ったスープは喜んでくれたが、どこに案内すれば彼の食の好みを知ることができるのかわからなかった。

　そこで考えた末に七彩は弁当を作ることにしたのだ。弁当なら一般的に男性が好きと言われる食材を入れても自然だし、彼が自分の作るような庶民的な食事でも大丈夫なのか見ることができる。

　それに仕事なら厳密に何時に終わるかわからないから、時間が押すことも考えれば悪くないアイディアだった。しかもお弁当があるなら店の予約を心配しなくていいし、遅くなったときに彼に気を遣わせなくて済む。

　七彩は思いつく限りのお弁当のおかずを詰め込むと、指定された時間を目指して充の会社を訪れた。

　予め教えられていた通り一階に設置された来客用の内線で充の番号を押す。するとすぐに声がして、程なくしてスーツ姿の女性が笑みを浮かべて姿を見せた。

「奥様、お久しぶりです」

　迎えに来てくれたのは充の秘書の水野《みずの》で、会社のパーティーでも何度か顔を合わせている顔見知りだ。

「せっかくの休日にご足労いただいてすみません。外国からのお客様で、滞在日数の関係で今日しか日程の都合がつかなかったんです」

エレベーターに乗りこみながら事情を説明してくれた水野が、ふと七彩が手にしている大ぶりの保冷バッグに目を留めた。

「もしかしてお弁当ですか？」

「あ……そうなんです。もし仕事がすぐに終わらなくてもお弁当なら食べられるかなって」

「さすが奥様ですね。専務喜ばれますよ。よく仕事で疲れたときに家に帰ると奥様が胃に優しいスープを作ってくれるって嬉しそうにお話されていましたから」

「え……」

仕事に厳しそうなイメージの充が職場でそんなプライベートな話をしているなんて意外だ。少し恥ずかしいけれど、一応七彩の料理を気に入ってくれていたのだと思うと嬉しくなった。

「きっと専務のお好きなものがたくさん入ったお弁当なんでしょうね。専務のお部屋にお通しするように言われていますから、そちらで召しあがれるようにお茶をお淹れしますね」

実は充の好きなものを知らず、あれこれ詰め込んできた七彩は曖昧な笑みを浮かべた。

お弁当の中身は厚焼き卵や唐揚げ、肉巻きおにぎりにポテトサラダなど七彩が想像する男性ならこんなものが好きそうという勝手なイメージで用意されたメニューだ。

そもそもなにも言わずに勝手に弁当を準備してしまったが、今さらながら充は外食の方がよかったかもしれないと心配になってきた。

七彩は不安な気持ちのまま、充の執務室に案内された。

途中話してくれた水野の説明によると、重役には専属秘書がひとり、それとは別に状況に応じて担当のいない秘書室のスタッフが充のサポートをしているという。

充の部屋は秘書室のふたつ隣で、先ほど来客が帰ったので部屋で待っているそうだ。

「失礼します。奥様をご案内してまいりました」

水野が重厚な扉を押すと、ちょうど充がデスクから立ちあがるところだった。

「七彩、ひとりで迷わず来られた？」

まるで子どもが初めてのお使いにでも来たかのような言葉に、水野の目が気になった七彩は顔を赤くした。

「こちらの会社には丈琉先生とも来たことがあるじゃないですか。心配しすぎです」

「そうは言っても、それはずいぶん前だろ。あとから迎えの車を出せばよかったと思っていたんだ」

充は七彩の前に立つと、その手から保冷バッグを受け取った。

「これ、もしかして」

「専務のためのお弁当だそうですよ。すぐにお茶をお持ちしますね」

水野はそう言うと七彩たちを残して部屋を出て行った。

「弁当って……わざわざ作ってきたの？」

「はい。充さんの好きなものが入っているかはわからないですけど、お仕事の時間が押していたら困るなって思って」

「ああ、それならさっき無事に終わったところなんだ」

「はい。水野さんから伺いました。時間通りに終われるんだったらやっぱりお店を予約した方がよかったですね」

「どうして？　七彩が作ってくれたお弁当なんて最高のご馳走《ちそう》だよ。見てもいい？」

七彩が頷くと充はいそいそと応接セットのテーブルでお弁当を広げ始めた。その姿を見ていたらなんだか不思議な気持ちになった。

スーツ姿の充は見慣れているし、今朝だって見送ったばかりだ。でもオフィスにいる充はなんだか新鮮でカッコいいと思えてしまうのだ。見慣れているのにそう感じるのは、この執務室が彼に似合っていて、彼の居場所という感じがするからかもしれない。

自ら容器を取り出し蓋を開けた充の顔に満面の笑みが広がる。七彩はその笑顔が見られただけで胸がいっぱいになった。

「美味しそうだね。せっかくの休みだったのにわざわざありがとう」

「いえ。充さんの好きなおかずがわからなくて思いつくものをなんでもかんでも詰め込んできたので、なんだか統一感のない盛り付けになってしまったんですけど」

「そんなことない。どれも好きなものばかりだよ。七彩がこんな豪華なお弁当を作ってくれるなら、たまには休日出勤も悪くないね」

充がそう言って笑っていると、水野がお茶を運んできてチラリとお弁当を覗き込む。

「専務、よかったですね～奥様の手料理美味しそうじゃないですか」

「まあね。そうだ、君も一緒にどうだ」

充のウキウキとした調子に七彩も水野に笑顔を向けた。

「是非。お口に合うかわかりませんが」

するとと水野が首を横に振る。

「いえいえ、せっかく夫婦水入らずの時間のお邪魔なんてできませんから。それに私もこのあと予定があるので」

「ああ。そうだったな。片付けは俺がやるから上がってくれてかまわないよ。休日に出勤させてしまって悪かったね」

「仕事ですからお気遣いなく。それにちゃんと代休はいただきますし。では奥様、私はお先に失礼させていただきますね」

　水野は七彩に向かって会釈をすると部屋を出て行った。

「充さん、水野さんにスープの話なんてしていたんですね」

　七彩は扉が閉まったのを見届けてから言った。

「え？　ああ、あのことか。いや、彼女が食事をちゃんとしているか心配していたから君のスープの話をしたんだ。俺には健康を気遣ってくれるしっかり者の妻がいるってね。今日だって俺の好きなものを詰め込んだ弁当を届けてくれる可愛い奥さんだ」

　充がさらりと口にした〝可愛い奥さん〟というフレーズに頬が熱くなる。契約破棄をされるまで気づかなかったけれど、充は女性に対して惜しみなく甘い言葉を口にするタイプらしい。

「もう、すぐそういう冗談言うんですから」

　七彩は赤くなった顔を隠すようにして持参したプラスティックの皿におかずをいくつか取り分けた。

　充の好物がわからずあれこれ詰め込んできたせいでかなり量が多かったはずの弁当は、意外にもふたりで残らず平らげることができた。

　主に充が「美味しい、美味しい」とくり返して食べてくれたのだが、自分が作ったお弁当が完食されることがこんなに嬉しいとは思わなかった。

充は卵焼きは甘めが好きで、唐揚げよりはニンニクとショウガがバッチリきいた竜田揚げの方がもっと好きなことも知った。ポテトサラダも好きだが、今度はマカロニサラダが食べたいともリクエストされた。

充がよく七彩のことをまたひとつ知れたと口にするけれど、七彩も充について知らないことがひとつひとつ自分の中に刻まれていくのが嬉しくてたまらなかった。

「さて、どこか行きたいところある？」

食事を終えすっかり満足した充の言葉に七彩は内心困ってしまった。実はお弁当のことばかり考えていてデートコースについてほとんどノープランだったのだ。

「できれば映画とか買い物とかどうかなって」

充がどんな映画を好きなのかとか買い物でどんなものを選ぶのかそんな他愛ないことを知りたい。なんなら本屋に行くのも悪くないと思っていたからきっちり予定を立てるのを避けたのもあった。

すると充が窓の外をチラリと見て言った。

「それなら天気もいいしドライブなんてどう？　この前は東京湾だったけど、今からなら三浦《みうら》半島か外房《そとぼう》までいけるだろ。ああ、九十九里《くじゅうくり》にうちが経営するオーベルジュがある。連絡を入れておくから夕食はシーフードなんてどう？　七彩好きだろ」

オーベルジュといえばレストランとホテルが併設された施設で、料理を楽しむためのホ

テルと言われている。

また充のペースだが、ドライブは悪くない案かもしれなかった。車の中ならあれこれ質問しやすいし、人の目もないからプライベートな質問も然りだ。

七彩は少し考えて口を開く。

「じゃあ私に運転させてください」

「君に？」

七彩の言葉が意外だったようで充が目を見ひらく。

「はい。充さんお仕事でお疲れですし、今日は私が誘ったんですから私が運転するべきだと思うんです！」

力む七彩を見て充は楽しそうに口元を緩めた。

「わかった。君に運転を任せるよ」

幸い充の通勤用の車は外車だが右ハンドルだから七彩でも運転できることを知っていた。

最初は七彩の運転が不安だったのか助手席で心持ち緊張した様子だった充も、首都高を巧みに運転するのを見てその緊張を緩めた。

「運転、うまいんだ」

「うまいかどうかはわかりませんけど、母も祖母も運転できないので、結婚前は父が外出しているときなんかは私が買い物とかに車出したりしていたんです。あ、そう考えたら運転するの久しぶりですね」

七彩は千葉《ちば》方面に向かう京葉《けいよう》道路に入るために車線変更をしながら笑った。

「運転手付きの車に乗ることはあるけど誰かの助手席に乗るなんてめったにないから新鮮だな」

「丈琉先生とか、学生時代のお友だちとは？」

「男ふたりでドライブなんて想像だけでゾッとするね」

視界の端で心底嫌そうに充が肩を竦めるのが見えて七彩はハンドルを握ったまま噴き出した。

「でもこうやって七彩が運転するのを見るのは悪くない。またひとつ七彩のことに詳しくなれたし」

土曜日の午後という時間帯がよかったのか、すでに休日の渋滞は解消していて車はスムーズに海岸沿いまでたどり着くことができた。

すでに日が傾いているからかやはり観光客の姿は少なく、七彩は車から降りると人気のない海岸に向かって大きく伸びをした。

「お疲れさま。やっぱり俺が途中で変わった方がよかったかな」

「大丈夫ですよ。ただ高級車を傷つけちゃったらどうしようかってちょっと緊張しただけです」

「なんだ。そんなの気にしなくていいのに。そうだ、運転が好きなら七彩用の車を買おうか。実家に行けば普段乗っていない車も何台かあるから、気に入ったのがあるなら七彩の買い物用に好きなものを選んでもいいよ」

言われてみれば充の実家のガレージは大きくて、高級車が何台も停《と》まっていた記憶がある。でも見たこともないようなマークがついた外車もあり七彩が気軽に運転できる車ではなかったはずだ。

「ご実家の車はちょっと……」

今の車でも緊張するのにさらに高級車に乗ることになったら大変だ。七彩は丁重にお断りするつもりだったのだが逆に充が乗り気になる。

「それなら明日にでもディーラーへ見に行こうか」

「な、なに言ってるんですか。車なんて必要ないです！　そもそも通勤だって電車だしいつ乗るんですか」

強く固辞したら充は渋々諦めたが、間違ってなにかが欲しいなどと口に出そうものなら全力でプレゼントされそうで怖い。しかも今の会話の中で一度も七彩は車が欲しいと口にしていないのだ。

もし子どもが生まれたらベタベタに甘やかしてあれこれ買い与えるタイプの父親になりそうな気がする。七彩はそう考えて、初めて父親としての充を想像した自分に恥ずかしくなった。

まだ結婚を続けるかどうかもはっきりしていないのにそんなことを想像してしまうほどの深い充沼にはまってしまっているらしい。

充の会社が経営しているというオーベルジュは海岸線を十五分ほど走ったところにあり、席に案内されたときには日没を少し過ぎた時間で、海の青と空の色が少しずつ混じり合っていくところだった。

ガラス張りのテラス席のいくつか開いた窓からはBGM代わりの波の音が聞こえている。食事を楽しむためだけに作られた贅沢なスペースで、今日もまた充のペースになっていることに苦笑いを浮かべた。

充は不思議な人だ。祖父の龍太朗に仕事を認めてもらうために妻帯する必要があるから契約結婚を申し込んできたのに、今は素敵な旦那様役が板についている。結婚に興味がなかったなんて嘘《うそ》みたいだ。

シーフードのフルコースに舌鼓を打つ充も、七彩が作った庶民的な手作り弁当に喜ぶ充もどちらも彼なのだが、だからこそ本当に結婚する気になったのなら七彩以外の女性を選ぶという選択肢があるはずだ。

ずっと育ちや家の格が違うことも七彩が充に感じていた劣等感で、それがこんな卑屈なことを考えさせるのだろうか。表向きだけしかわからないが、彼は七彩の家庭環境や育ちのことを気にしているようには見えないから気にしすぎなのかもしれない。

「七彩？　大人しいけど疲れた？　ずっと運転させちゃったからな」

ふと自分の考えに入り込み黙りがちな七彩を充が心配顔で見つめていることに気づく。

「大丈夫ですよ。お料理が美味しくて夢中になっていただけです。充さんと出掛けると美味しいところばっかり連れて行ってくれるから太っちゃいそうだなって」

「なんだ、そんなこと気にしてるの？　俺は七彩は背が高いんだからもっと食べた方がいいと思ってるけど」

充はそう言って笑ったが、さすがにこの年で食べすぎは禁物だ。

「それはちょっと。もう成長期の子どもじゃないのであとは太るだけですから……」

「じゃああとは食べた分運動かな。マンションのジム、使ったことがある？」

「いいえ。機具の使い方とかもわからないし、ひとりでは行きにくいなって」

高級マンションはなんでも揃《そろ》っていて、住民専用ジムはもちろん大浴場やカフェまである。七彩はカフェは何度か利用したことがあったが、期間限定の住民という引け目もあってその他の施設は利用したことがなかった。

「今度一緒に行こうか？　教えてあげるよ」

その申し出は嬉しいけれど、筋トレをしているところを充に見られるのはなんとなく恥ずかしい。変な顔をしていないかとか、おかしな声が出たりしないか気になって集中できない気がする。

七彩が返事を躊躇っているのを見て充が首を傾げた。

「もしかして、もともと身体を動かすのが好きじゃないの？」

「そうじゃないんですけど……筋トレって人に見られたくないっていうか」

「そんなもの？」

わけがわからないという顔の充に七彩は何度も頷いて見せた。

いつの間にか充と他愛ない会話をしながら食事をすることにもすっかり慣れていて、食事に合わせて充が選んでくれた白ワインも驚くほどスルスルと七彩の中に消えた。

気づくとお酒のおかげで気持ちは緩んでいて、いつもより自分がおしゃべりになっていると感じているのに、この空気が楽しくて会話が止まらない。

「そういえば君が好きなアニメ見てみたいんだけど、DVDとか持ってる？」

「もちろんです！　でもあのシリーズは配信サービスで見られるので、あとでリビングのテレビから見られるように設定しますね。あ、でもそれならその前にマンガの最初のシリーズに目を通してもらって……」

ついこの間まで充に趣味のことを知られるのは嫌だったはずなのに、いつの間にか力説してしまう。充がテーブルに肘をつき身を乗り出して聞いてくれるから、つい『サイキック探偵』の魅力を伝えるのに力が入ってしまうのだ。

「七彩、もう少しワインを頼む？」

「いえ、もう……こんなに飲んだら」

——帰れなくなりそう。一瞬そう考えて、車なのにこんなところでふたりでお酒を飲んでしまったら帰れないことを今さらながら自覚してしまった。

内心今夜は帰れないんだろうなとか、きっとここに泊まるのだろうと頭の隅では考えていたし、充とそういう流れになってもかまわないという覚悟はできていた。

ただ自分からそれを伝えるのは違うし、自分の気持ちを伝えるきっかけがなかった。すると充が七彩の考えを見透かしたように言った。

「今夜はここに泊まろうと思っているんだけど」

笑いを含んだ誘うような声に心臓がドキドキと音を立てる。こうして充に誘われるのは二度目だ。本当はあのクルーザーのときだって、半分ぐらいは充の誘いに気持ちが傾いてしまっていたのに、今回は断る理由がない。

「……」

「お酒も飲んでいるし、俺としては素敵な奥様と泊まりたい」

充の言葉はクルーザーのときより具体的だ。

「ええと……」

このまま素直に頷いて、軽い女だと思われないだろうか。七彩が俯くと充が小さく笑いを漏らす。

「もしかして断る口実を考えている？　念のため伝えておくと明日は会社はないよ。今日はどんな理由をつけるつもり？」

そんなことで悩んでいるわけではない。ただ初めて充とそういう関係になるかもしれないと考えたら少し恥ずかしくなってしまうだけだ。

こうして気持ちが揺れているのは七彩だけで、充にはからかう余裕まであるのが悔しい。なんとかして充を動揺させてやりたいと思ってしまうのは無謀だろうか。

本気で充の誘いを断るなら、ドライブで来たのにワインを注文しようとしたとき、もっと前に千葉にオーベルジュがあるからと言われたときにでもきっぱり断ることはできたし、充もそのときに断られていたらこんなイジワルな言い方をしなかったはずだ。

七彩は日帰りのつもりで出掛けてきて、宿泊の準備などひとつもしてきていないことをあとで後悔するとも知らず、充に向かってつんと顎をあげて言った。

「も、もちろん泊まりますよ。せっかくのオーベルジュで朝ご飯も楽しみですし。もしかして充さんは帰るつもりだったんですか？」

なるべく自信たっぷりに聞こえるように澄ました口調の七彩に充は一瞬言葉を失ったように見えたけれど、すぐに唇に笑みを浮かべた。

「なるほど。思っていたより大胆なお誘い嬉しいな」

動揺させたくて口にしたのにすんなり受け入れられた上に〝大胆〟という言葉が返ってきて、今度は七彩がギョッとする番だった。

「あ、あの……」

充の問いに答えただけで誘ったつもりなどさらさらないのに、まるで七彩からホテルに誘ったあとの返事みたいに聞こえる。

「七彩が楽しみなのは朝食だけ？」

充がさらに踏み込むようにテーブル越しに七彩の顔を覗き込む。

「……っ」

そんな聞き方をするのはずるい。

「そ、それ以外、な、なにがあるんですか……」

もっと歯切れよく言い返したいのに充に思わせぶりな瞳で見つめられているせいで変に力んだ返答になってしまう。

充とここで朝食をとるというのはここに泊まると了承したのと同じなのに、これ以上七彩になにを言わせたいのだろう。

ふと七彩はずっと気になっていて聞けなかったことを尋ねるのなら今だと思った。

「あの、ひとつ聞きたいことがあるんですけど」

「どうぞ」

「……どうして、私なんですか？」

充はそんな質問をされると思っていなかったのか一瞬目を見張り、それからクスクスと笑い出した。

「どうして笑うんですか」

「いや、今さらな質問だなって思ってさ」

充がさらに笑みを深くするので、真面目に質問したつもりの七彩は思わず強い口調で言った。

「だって！　離婚はしない、結婚は継続したいとは言われたけど、理由は教えてくれなかったじゃないですか」

好きだとか可愛いという言葉よりも充の心の中が知りたい。

「人を好きになるのに理由なんている？　この前も言ったけど、ただ好きっていう言葉だけじゃ理由にならないかな」

「な……っ」

理屈としてはそうだが、どうして充が突然心変わりして結婚の継続を望んでいるのか知りたいのだ。それに充の本音を聞けないままではいつまでも充と本当の夫婦関係は築けない気がする。

七彩があまりにも不安そうな顔をしていたのか、充がテーブル越しに手を伸ばして七彩思い直した。

「七彩がそこまで聞きたいっていうなら俺も本音を言おうか」

本音と言われるとドキリとして身構えてしまうが、それこそ一番聞きたかったことだと思い直した。

「よ、よろしくお願いします」

急にかしこまった七彩を見て充は面白そうな顔をしたが、今度はさっきのように笑ったりはしなかった。

「そうだな例えば……」

充はそう切り出して七彩をジッと見つめた。

「初めに君を選んでよかったと思ったのは、祖父と食事をしたときだった。最初は適当に祖父をあしらってくれればいいと思っていたんだ。そもそも祖父さえ納得すればあとはどうとでもできると思っていたしね。でも君がバカ正直に祖父の質問にも一生懸命答えてくれて、俺をかばってくれるのを聞いてたらこういうのも悪くないなって思ったんだ」

充をかばうことなどあっただろうか。龍太朗の質問にぼろを出さないように言いつくろうのに精一杯で、実はあのときのことはよく覚えていなかった。

「それから同居するようになって、自分が帰ったときに誰かがいるのは悪くないと思った。でもそれは誰でもいいわけじゃなかったんだ。お互い干渉しないって約束だったのに、ある朝起きて君がスープを出してくれたことがあっただろ。作りすぎちゃったからいかがですか？　って」

「ありましたね」

「あのときちょうど企画の承認が下りたばかりで、それに関する処理が目白押しですごく疲れてるときだったんだ。君は俺があまりにも疲れているのを見て、心配してスープを作ってくれたんだろ」

「ああ……だって、あのときの充さんすごく顔色が悪くて。疲れているのに毎晩会食かなにかでお酒を飲んでいらして、しかもまともに食事をしているように見えなかったんです。冷蔵庫の食材も減ってないし、ちゃんと食事ができてないんじゃないかって。でも充さんがなにが好きかも知らなかったからスープぐらいなら胃に負担にならないかなって」

　あれがきっかけでときおり充と一緒に朝食を食べるようになったのだ。迷惑だと思われていないか少し心配していたけれど、そうではなかったことにホッとする。

「あれがすごく美味しかったんだ。シンプルだけど身体に優しくて、どんなシェフの料理より美味しくて、毎日のように自分の分を作っているのに作りすぎたって見え透いた嘘をつく君を可愛いと思った」

「そんなに……わかりやすかったですか？」

　自然に勧めたつもりだったけれど最初から気づかれていたらしい。

「だって充さん、あの頃はお互い干渉しないって言ってたから、わざわざ作ったたって言ったら断られそうで」

「そのほかにも君を好きになった理由はたくさんある。自分の趣味に夢中になっているところも悪くない。この間のイベントで色々話をしてくれた君も可愛かった」

もういい加減趣味のことは忘れて欲しいところだが、それも含めて七彩として見てくれるのは嬉しい。まあこの話を話題にされたらいつになってもドギマギしてしまうのは習性みたいなものだ。

うっすらと赤くなった七彩に気づいた充がフッと唇を緩めた。

「そうやって照れて赤くなるのも可愛いよ」

「……っ」

七彩は今度こそ顔を真っ赤にしてしまった。

こんな台詞《せりふ》をリアルで耳にするなんて信じられないが、目の前の充は現実の存在だ。しかもこの目の前の男性は、本気で七彩の趣味を受け入れてくれている。元彼はもういいとしても、両親にさえいい大人がと顔を顰められるのに、オタクの七彩を面白がって受け入れてくれる人は初めてだ。

『サイキック探偵』のキャラの推し活をやめることはできないが、もう現実では充が七彩の最推しと言ってもいいんじゃないかというぐらい、充の台詞はどんな愛の言葉より七彩の胸に響いた。

「な、なんですか……その理由……」

口ではそう言いながら、充の言葉が嬉しくて胸がいっぱいになってしまう。心臓がうるさいぐらいドキドキ音を立てているのがお酒のせいだったらよかったのに。

「俺が君を選んだ理由。納得した？」

「ま、まあ……一応は……」

——一応、なんて素直じゃない返しだ。本当は七彩も充に契約破棄を言い渡されてから、結婚について真剣に考えるようになって、今まで誰とも結婚しないと決めていた気持ちが充となら一緒にいてもかまわないと思えるようになっていた。

七彩は素直になれない自分の気持ちにもどかしさを感じながら、充の甘さの滲《にじ》んだ眼差しを受け止めた。

「本当は……最初に充さんに結婚を申し込まれたときから、嫌いじゃなかったんですよ」

ぽつりと呟くと、充は驚いたように目を見張る。

「でも……この間充さんに結婚を続けたいって言われたときはびっくりしちゃったんです。だって最初に契約結婚って言われたから、充さんのことを好きにならないようにって自分の中で決めてたし」

自分の気持ちを言葉にするのは難しい。七彩は心の中を見つめて言葉を探す。

「この前のクルーザーのときも、充さんと泊まるのが嫌だったんじゃなくて、私の心の準備が追いつかなかったっていうか。あのときは自分の気持ちがはっきりしなくて……充さんに惹かれているけれど、それは本当に自分の気持ちなのかなって。雰囲気に流されているんじゃないかって思ったら心配になってしまったんです。それに、こんなに短時間で人を好きになるなんて信じられなかった」

一目惚《ひとめぼ》れとか突然恋に落ちるなんてそれこそ二次元の話で、現実には有り得ないと思っていた。だから充に少しアプローチされたぐらいでその気になってしまった自分が単純だと恥ずかしくもあったのだ。

でも今夜充の話を聞いて、彼が簡単に結婚を続けることを決めたのではないと知り嬉しかった。

「時間をもらって自分の気持ちと向き合ってみたら、充さんのことが……ちゃんと好きになっているって気づいたんです」

これでもまだ言葉にしきれていないけれど、今の七彩に言える精一杯だ。充にもこの気持ちの半分でも伝わればいい。

するとずっと真剣な表情で七彩の話に耳を傾けていた充がぼそりと言った。

「七彩、今すぐキスしたい」

「……え？」

唐突な言葉だったのですぐに反応できず聞き返す。それから数秒して言葉の意味を理解して大きな声をあげてしまった。

「……ええっ⁉」

自分の声に驚いて慌てて手のひらで口を覆う。幸いテラス席は個室なので周りの客に迷惑をかけることはなかったが、それでも誰に聞かれるかわからない場所で口にするような台詞ではない。

なんと答えればいいのかわからずに視線を泳がせている七彩の前で、充がゆっくりと立ちあがり七彩の腕を取る。

「行こう」

――どこに？　一瞬頭の中でそう問いかけたが、すぐにふたりの先にあるものに気づいて七彩は充に従った。

6

ふたりのために用意されていたのはリビングと寝室が続き部屋になっているセミスイートと呼ばれる部屋だった。

海を一望できるバスルームやルームサービスで食事をすることができるテラス、ミニバーなどの設備も充実していたが、その日の七彩はベッドがダブルだったぐらいの記憶しかない。部屋に入るなり充に抱きしめられキスをされ、気づくとベッドに運ばれていたからだ。

初めてのキスではないのに病気ではないかと心配になるほど心臓が大きな音を立てていて、その音が頭の中まで響いてくる。きっとこうして抱き合っていたら充にも心臓の音が聞こえてしまっているだろう。

大きな手は七彩の肩や腕を撫で、布越しなのに充の体温を感じる。そして長い指が耳の下で髪をひとつに束ねていたシュシュを引っぱった。

肩の上にさらりと髪が零《こぼ》れ落《お》ち、充の長い指が七彩のストレートヘアをゆっくりと梳《す》いた。

「綺麗な髪だ。結ばずにいつもこうしていればいいのに」

低い囁きにドキリとした瞬間、身体が傾いてベッドの上に仰向《あおむ》けに横たえられていた。

柔らかく沈みこむスプリングが身体に心地いい。きっと高級なマットレスを使っているのだろう。そんなどうでもいいことを考えていないとドキドキしすぎて頭がおかしくなってしまいそうだった。

頬や額、耳朶《じだ》、首筋と唇以外にも充の唇が押しつけられて擽ったい。しかも触れられた場所が熱くなって、その熱で触れられていない身体までが火照ってくる。

「七彩、好きだ。俺のものに……なってくれる?」

改めてそんなことを聞かれてもどう返事をすればいいかわからない。すでに身体は火照っていて、緊張と恥ずかしさのあまり七彩の目は涙で潤んでいた。

充はその瞳を間近で覗き込みながら言った。

「身体の関係になるには君の許可が必要だっただろ?」

七彩が提案した新しい条件をわざと口にした声には笑いが含まれている。今さらそんな確認をしなくても、もう七彩の気持ちはわかっているはずだ。

「七彩、君の許可が欲しい」

もう何度目かわからなくなった〝現実でこんな台詞を〟という文句を思い浮かべて、七彩は自分の心臓の音がさらに大きく速くなっていくのを感じた。

「だ、抱いてください……」

そう口にしたとたん頭に血が上りすぎてわんわんと耳鳴りがしてくる。恥ずかしさのあまり固く目を瞑った七彩の唇に充のそれが深く覆《おお》い被《かぶ》さってきた。

大きくて濡れた唇に小さな唇が吸い上げられ、このままぱっくり食べられてしまいそうなキスにたどたどしく応じる。

「ん……ぅ……」

自然と鼻から甘えるような声が漏れて、充はそれに応えるように熱い舌をねじ込んでくる。それは今までにしたキスの中で一番情熱的で深い。

いつも落ち着いて余裕たっぷりの充がこんなふうに熱っぽいキスをするなんて驚いてしまうが、それは相手が七彩だからだと言って欲しい。ほかの人ともこんなキスを交わしていたと言われたら、もう戻すことのできない充の過去に嫉妬してしまうだろう。

熱い舌が口腔を満遍なく撫《な》で回《まわ》し、背筋にゾクゾクとした痺《しび》れが走る。口の中を舐《な》め回《まわ》されただけでこんなに感じてしまうなんて、他の場所に触れられたらどうなってしまうか少し怖かった。

相変わらず血の巡りがよすぎてすっかり逆上《のぼ》せてしまっているが、これ以上ドキドキしたら血管が切れてしまうのではないかと心配になってくるほどだ。

「み、充さ……ま、まって……」

すでにキスだけで息が上がってしまい、七彩は唇の隙間から切れ切れに呟く。

「……どうしたの？」

いつも以上に甘い声で囁かれ、七彩は助けを求めるように充を見上げた。

「わ、私、すごくドキドキしてて……」

このままでは心臓が壊れてしまいそうで、もう少し手加減をして欲しい。七彩がそう訴えると、充は心底楽しそうに唇の端を吊《つ》り上《あ》げた。

「そうなの？　じゃあ今夜はずっとドキドキしていて」

充は甘い笑みを浮かべると再び七彩の唇をキスで塞いだ。

つまりは手加減はしないということらしい。七彩は身体に感じる充の重みを心地よいと感じながら官能的なキスに応じるしかなかった。

こんなに長い時間キスができるのだと思うぐらいたっぷり時間をかけたキスは、すっかり七彩を蕩《とろ》けさせてしまう。抱きしめるように抱え起こされたときには、充の支えがなければすぐにぐにゃりと倒れ込んでしまいそうなほど身体に力が入らなくなっていた。

充が片手で七彩の腰を抱きながら首筋の髪をかき分けるときも、背中のファスナーが引き下げられるときも大人しくされるがままになっていた。

充の長い指が項や背中に触れるだけで肌がピリリとして電流が走るみたいだ。

「このワンピース、よく似合ってる」

充がワンピースを脱がせながら項に唇を押しつける。七彩はその唇の熱さとわずかに降りかかった熱い息に身体を震わせた。

「んっ……み、充さんが選んだんですよ」

今日のワンピースはベージュに小花柄が散らされたパフスリーブのワンピースで、契約結婚を決めたときに充がまとめて見繕ってくれたワードローブの一枚だ。

「覚えてる。まだ俺が君に恋していないときに選んだのにこんなに似合うなんて、無自覚のときから君のことが好きだったんだな」

そう言いながらブラのホックを外して肩紐《かたひも》を落とす。フッと胸元が自由になった開放感からか、七彩はクスクスと笑いを漏らした。

「もう、すぐそういうこと言う……ホストみたい」

「へえ、ホストなんて知ってるんだ？」

七彩はその声に嫉妬が滲んでいることに気づかず、思いだすように言った。

「あんまり詳しくないですけど、一度だけ事務所の子が結婚する前に体験してみたいって言ってみんなで遊びに行ったことがあるんです。ほら指名？　とか取りたいから女の子を喜ばせようと色んなことを言うんですよ、あの人たちって。私は『サイキック探偵』推しなのではまりませんでしたけど、他の子は……あっ」

七彩の言葉を遮るように、充が剝き出《むだ》しになった肩を嚙《か》んだのだ。もちろん軽く歯を当てられただけだが、突然だったので思わず声をあげてしまった。

「み、充さん？」

「他の男のことは聞きたくない。もちろんこれからは君には他の男のことなんて忘れてもらうつもりだけどね」

充はそう言うと七彩の身体を反転させ、再びシーツの上に組み敷いた。

「あ」

背中にシーツの冷たさを感じて七彩の唇から小さな声が漏れる。両手で肩口を押さえられているせいで、盛り上がったふたつの膨らみを充に晒す格好なのが恥ずかしい。

見つめられているだけで胸の尖端《せんたん》が疼《うず》いてくるようで、ふるふると首を横に振った。

「あの……あんまり、見ないで……」

部屋の明かりは絞られているけれど、お互いの表情までわかる距離だ。しかも中途半端に脱がされたワンピースのスカートが太股《ふともも》まで捲《まく》れ上がったあられもない姿になっている。

「どうして？　七彩は俺に抱いて欲しいんだろ？」

「そ、それは……」

確かにそう言わされた事実はあるけれど、いつも紳士的な充が今日は意地悪だ。もしかしたらこっちの充の方が本当なのかもしれないと歪んだ唇を見上げた。

「も、もう……知りません……っ……」

唯一自由になる顔をプイッと背けると充がクスクスと笑いを漏らす。

「そんな可愛い顔をされたらもっと虐《いじ》めたくなるだろ」

充はそう言うと七彩の首筋に唇を押しつけた。

「んっ」

熱い唇と舌が七彩の白い肌をなぞる。擽ったさに首を竦めると、唇はゆっくりと肌を滑り落ちた。

肩口を押さえていた手が柔らかな膨らみをすくい上げ、充が熟れた尖端を口に含んだ。

「や、んんっ」

熱い粘膜に包みこまれた乳首が充の口腔の中でビクリと震えるのがわかる。ぷっくりと膨らんだ尖端が舐《な》め転がされてさらに硬く締まっていく。

「あ、あ……ん……」

ときおり強く吸い上げられると下肢にまで甘い痺れが走って、七彩が無意識に腰を揺らすと、充の手が腰の辺りでもつれていたワンピースを引き下ろし足首から引き抜いた。

「七彩は強くされるのが好き?」

そう言いながら充が尖端に歯を立てる。

「ひぁ……っ」

突然の刺激にあられもない声を漏らすと、充は尖端を再び熱い口腔の中に取り込んでしまう。飴《あめ》と鞭《むち》ではないが痛みと甘い愛撫を交互に与えられて頭が混乱してくる。

「敏感な身体だ」

充の声は嬉しそうだが、七彩は感じやすい淫らな身体と言われた気がして恥ずかしくてたまらなかった。

胸を愛撫されているだけなのに充の丁寧でいて情熱的な仕草に少しずつ頭の中に靄《もや》がかかってなにも考えられなくなっていく。手練《てだ》れという表現は間違っているかもしれないが、七彩のような経験の少ない女性に充のような大人の男性は刺激が強すぎた。

「はぁ……ん、ん……」

いつの間にか唇から熱っぽい声が漏れて、それを誤魔化すように無意識に手で充の髪に触れる。思いの外柔らかい手触りに指を髪の中に潜り込ませると、突然熱い手のひらで内股を撫《な》で上《あ》げられ七彩は腰を大きく跳ね上げた。

「あ……ン‼」

「ここ、好き?」

さらに焦らすように内股を撫で回されて、七彩はもどかしくてたまらなくなる。

「や……」

思わず充の髪をキュッと握りしめる。触れて欲しいのはそこではない。そう言えなくて腰を揺らしてしまう。

「嫌?」

その言葉に七彩は耐えられなくなり首を横に振った。

「イヤじゃ、ない……」

小さく呟くと、充は下着の上から足の間を撫でた。

「……んっ」

そこは下着の上からでもわかるほど濡れていて、身体が充を受け入れたいと言ってるのが自分でもわかる。恥ずかしくてたまらないのに、もっと深くまで充に触れて欲しかった。

「はぁ……っ」

秘処を撫でさする刺激に思わず甘ったるい吐息が漏れる。充はそれを待っていたかのように指を下着の中に潜り込ませてきた。

「んっ」

クチュリと音がして七彩は小さく首を竦める。最初は擽ったいぐらいだった指が重なり合った花弁の奥に入り込むと、急に身体に甘い刺激が走って、緊張で強張《こわば》っていた太股の力が緩む。

さらに指が奥深くに潜り込み、蜜口からぬるりと指が挿《はい》ってくるのを感じて七彩は身体を震わせた。

「痛い？」

首を横に振ると充は指で胎内を解しながら再び胸に口付け、チュウッと強く胸の尖端を吸い上げた。

「あ、ン！」

硬くなった尖端を熱い舌で舐め転がされ、唇で引っぱるようにちゅぱちゅぱ音を立てて吸い上げられる。そのたびにお腹の奥が痛いぐらいキュンと痺れてしまう。

その間にも長い指が狭い膣洞を押し広げて、薄い粘膜が指の擦れる刺激に震えた。

「あ、やぁ……んん……はぁ……っ……」

感じやすいところばかり同時に攻め立てられて、七彩は再び充の髪をギュッと鷲づかみにした。

「感じている七彩、すごく可愛い」

充はそう呟くと胎内を犯す指を増やす。男性の筋張った指が二本も入ってくるとさすがに圧迫感を覚える。痛みではなく空いているところを埋め尽くされ満たされるような感覚だった。

充は抽挿《ちゅうそう》をくり返し、七彩の胎内を何度も擦る。次第に身体が昂《たか》ぶってきて、自分から快感を追うように充の手に腰を押しつけてしまう。

「あ、あ、ん……」

なにかが身体の中で弾けそうなのに、なにかが足りないもどかしさに身悶えていると、突然胎内から充の指が引き抜かれる。

「あ……」

ぬるりと指が抜けていく感触に七彩の身体から力が抜け、栓がなくなった蜜孔からはトロトロと愛蜜が零れ落ちた。

「充さん……？」

無理矢理愉悦から引き離されて頭が働かない。身体は甘く疼いて物足りないと訴えている。

「七彩があまりにもいい反応を見せるから……」

充は熱っぽく呟くと着ていたシャツを脱ぎ捨てる。引き締まった身体が突然現れて、七彩は目をそらすのも忘れて見惚《みと》れてしまった。

胸や腕には適度に筋肉がついていて、忙しい彼がトレーニングにも時間を割いていることがわかる。もう何度もこの広い胸や腕に抱かれていたのだと思うと急に恥ずかしくなってくるが、これから起きることに比べたらそれぐらいたいしたことがないとすぐに思い知ることになる。

充はすでに濡れそぼって役に立たなくなった下着を七彩の足から引き抜くと、両膝に手をかけ大きく開かせ、足の間を覗《のぞ》くようにして頭を下げた。彼がなにをしようとしているのか気づき七彩は声をあげた。

「あ！　そ、それはダメ……っ！」

裸になるだけでも恥ずかしいのにこれ以上淫らな場所を見られたくない。しかも今夜はシャワーも浴びずにこんなことになってしまっているのだ。

「なにがダメなの？　君を気持ちよくしたいだけだ」

そう言いながら七彩の白い腰を引き寄せる。あっ、と思ったときには充は愛蜜で濡れたその場所に口付けるようにして顔を埋めた。

「ひぁっ！」

舌先で割れ目を上下に擽られて、指でたっぷり解された蜜孔の入口がヒクヒクと震えるのがわかる。早くもっと奥まで感じたいとねだっているみたいで恥ずかしくてたまらなかった。

「こっちも可愛がってあげないとね」

充の長い指が花弁を捲《まく》り上《あ》げ、その下に隠れていた花芯を剝き出しにする。指で花弁を開いたまま、充の赤い舌がその場所をゆっくりと舐めあげた。

「あぁっ、ン！」

これまでとはまったく違う鋭い刺激にビクンと大きく腰が跳ねる。七彩の敏感な反応に気をよくしたのか、充は舌先を尖《とが》らせて七彩の肉粒を舌で捏《こ》ね回《まわ》し始めた。

「や、それ……いやぁ……あ、あぁ……！」

下腹部が痙攣《けいれん》してビクビクと震え続ける。もう快感を逃がす余裕もなくて足の指をギュッと縮こまらせると身体のあちこちにもおかしな力が入ってしまう。それなのに意識は充の舌の動きを追っていて、充のその姿を想像するだけでまた身体が熱くなるような気がした。

下腹部の痙攣は腰や足にも広がっていき、お腹の奥では今にも爆発しそうな愉悦が暴れ回っている。こんな感覚は初めてで自分がどうなってしまうのか怖い。

「まっ、て……これ、おかしい、から……！」

今まで感じたことのない感覚にパニックになる。

今すぐやめてもらわないとおかしくなってしまいそうで、七彩は充の頭を押す。

しかし次の瞬間小さな肉粒を唇で強く吸い上げられて七彩の視界も頭の中も真っ白になった。

「あっ、あっ、あぁぁ――っ……！」

自分でも信じられないぐらい高い声が漏れる。ワンワンと耳鳴りがしてそれが自分の声なのかもよくわからなかった。

「はぁ……あ、あぁ……」

足がガクガクと震えてお腹の奥がビクンビクンと痙攣する。それはほんの一瞬のことだったけれど、七彩にはとても長い時間に感じられて、気づくとギュッと縮こまっていたはずの足の指はだらりと伸ばされ身体に力が入らなくなっていた。

すぐに途方もない倦怠感《けんたいかん》が襲ってきて、身体がベッドの中に沈みこんでいくような感覚に、七彩は荒い呼吸をくり返しながらすぐに瞼をあげることができなかった。

「大丈夫？　イクときの七彩の顔、最高に可愛かった」

大きな手であやすように頭や顔を撫でられて、七彩は自分が初めてイクという感覚を味わったことに気づいた。過去に男性と身体の関係になったこともあるが、こんなに気持ちがよくて我を忘れてしまうほど夢中になってしまったのは初めてだ。

着ていたものをすべて脱ぎ捨て支度を終えた充が、まだぼうっとしている七彩の顔を覗き込む。

「もしかして……イッたのは初めてだった？」

「……」

そんなことを聞かれるのも恥ずかしいが、七彩は小さく頷いた。

「そうか。途中から怖がっているみたいだったからもしかしてって思ったけど……よかった」

充は嬉しそうに微笑むと七彩の身体を引き寄せ、しっかりと胸の中に抱きしめた。

「はぁ、可愛い。七彩は笑うかもしれないけど、やっと君をこの腕に抱くことができて、どうしていいのかわからなくなるんだ。待っていた分触れるのが怖いのかもしれないな」

充もそんなふうに考えていたなんて知らなかった。本当に好きな相手に嫌われたくないと思うと恥ずかしいとか遠慮をしてしまうのかもしれなかった。

「私もずっとドキドキして怖かったんです。でも充さんが優しくしてくれるから、平気です」

まるで初めて男の人に抱かれるときみたいな気持ちと言ったら充は笑うだろうか。

「だから……充さんも気持ちよくなってください」

七彩は手のひらを充の肌に滑らせて、筋肉質な胸を撫でた。

「うん、ありがとう。ちゃんと優しくするから」

充はそう言うと七彩の唇にキスをした。すぐに唾液を絡め合う深いキスになり、七彩は腕を伸ばし充の首にしがみつく。

そうしていると裸の胸が密着して、お互いの熱が混じり合いひとつに溶け合うような気がした。

「ん……ふ、はぁ……ぅ……っ」

太股や下腹部に硬くゴツゴツしたものが当たり、その熱さに彼も自分に昂ぶりを感じてくれているのだと嬉しくなる。

七彩が誘うように足を開くと、充が腰を揺らし花弁に雄竿を擦りつけてきた。避妊具越しに硬いものが肉襞を開き、ぬるつく尖端がときおり花芯を掠めて、口淫ですっかり感じやすくなった身体がビクビクと震えた。

早く充と深いところで繋がりたい。そう思った瞬間、充が顔をあげ鼻が触れそうな距離で七彩の顔を覗き込んできた。

「……七彩、もう耐えられない。君の胎内に入るよ」

柔らかく解《ほぐ》れた花弁に熱くどくどくと脈打つ雄芯が押し当てられる。それは七彩の中から溢《あふ》れ出《で》た愛蜜ですっかり濡れていて、どちらかが動くとぬるぬると擦れ合う。

心はすっかり決まっているから今さら拒むつもりはないけれど、急に自分が充を満足させられるのか心配になってくる。経験が少ないことは充もすでに気づいているかもしれないが、彼を喜ばせられなかったらどうしようと不安になってしまうのだ。

七彩は充の顔色を窺うようにしておずおずと口を開いた。

「あの、私……」

不安を感じながら充の顔を見上げる。その目は七彩の言葉を聞き逃さないように真っ直ぐこちらに向けられている。

「お、男の人と、こういうことするの……ひ、久しぶりなので……。前に付き合っていた人ともうまくできていたかわからないし……」

見つめ合っていることがひどく恥ずかしくて視線をそらす。だから七彩は充の顔色が変わった様子に気づくことができなかった。

「あの、今日もうまく、できないかもしれないんですけど……」

――充さんが気持ちよくなれるように頑張るから。七彩が言うつもりだったその言葉は嬌声《きょうせい》に飲み込まれる。

「あっ！　やぁあン！」

蜜口に当てられていた雄芯が、なんの前触れもなく一気に七彩の胎内に突き立てられたのだ。

蜜で溢れているとはいえ突然隘路《あいろ》を押し開かれ、痛みにも似た刺激に目の前に星が飛び散る。膣洞いっぱいに雄竿が収まっていて圧迫感がすごい。

なにが起きたのかわからず、七彩は目の前の男性を見上げた。

「優しくしたかったのに……君が悪い」

苦々しく呟かれた言葉の意味がわからない。怒っているのだろうか。

七彩の問いかけるような眼差しに充は拗《す》ねた子どものような顔になる。

「他の男の話は聞きたくないって言っただろ」

充は七彩の顔の横に頭を伏せると、呻《うめ》くような声で囁いた。

「君の過去になにがあったとしても……今の七彩は俺だけのものだ」

普段感情を露《あら》わにしない充の剝き出しの独占欲に胸がギュッと引き絞られるように痛い。

考えてみれば七彩もずっと充の過去が気になっていたのだ。

二度目三度目と人を好きになると、お互い相手の過去を気にし続けてしまうものなのかもしれない。不安なのは一緒なのだと思うと少しだけ気持ちが楽になった。

「充さんも……私だけのものですよ」

七彩の肩口に顔を埋めていた充の頭をそっと撫でた。

「ごめん。乱暴にするつもりはなかったんだ」

「ちょっと……苦しいけど、大丈夫ですよ」

「七彩」

充が頭をもたげ七彩の唇に自分のそれを重ねた。

「……好きだ」

「……私も、すき」

七彩の胎内で充の雄芯がビクビクと脈打っている。ふたりの身体が溶け合ったこの日を、七彩は生涯忘れないと思った。

充のキスが少しずつ深く激しくなる。唇から充の想《おも》いが流れ込んできて七彩の身体に染み渡っていく。自然と圧迫感で硬くなっていた身体も解れて、充が探るように腰を動かすとふたりの間からクチュリと淫らな水音が漏れた。

「七彩、いい？」

キスの合間に囁かれ、熱い息が顔中に降りかかる。それだけで深いところがキュンと痺れてしまって切なくてたまらなかった。

充もそうだったのか、七彩の顔を覗き込みながらゆっくりと身体を揺らす。深いところから雄芯が引きずり出され薄い粘膜を擦れて出て行く刺激は肌が粟立《あわだ》ってしまいそうなほど気持ちがいい。

「はぁ……ん」

思わず甘えたように吐息を漏らすと、充が雄芯をゆっくり押し戻してくる。

「あ……」

再びぞわりとした刺激と共に蜜孔がいっぱいに埋め尽くされる。こんなに身体が敏感になっているのは初めてで、これ以上激しく充が動いたら自分がどうなってしまうのかわからない。

七彩のその不安を煽《あお》るように充の動きが次第に激しくなる。すぐに快感が七彩を支配して、充の身体にしがみついて甘い声をあげることになった。

硬い雄の尖端が最奥まで届いて、華奢《きゃしゃ》な身体を揺さぶる。

「ん、あ、あぁ……、はぁ、ン……あ、あ、っ……」

膣洞で蜜を捏《こ》ね合《あ》わせるように、硬く滾《たぎ》った雄が七彩の胎内を掻《か》き回《まわ》す。振り落とされそうな気がして充の腰に足を絡ませるとそのまま細腰を抱え上げられてしまう。

「ひぁ……」

不安定な姿勢に両足がジタバタと空を切るが、充はそのまま激しく七彩の胎内を突き回す。

「あ、あ、ン！　や、あぁ……っ……」

先ほどイカされたときのような熱がお腹の奥で暴れ回っていて、唇から淫らな声が漏れるのを止めることができない。

「はぁ……ッ」

すぐそばで充も悩ましげな溜息を漏らすから、さらに身体が昂ぶってしまう。

「七彩……」

熱っぽい呟きと共に太股に手が回され両膝を折られる。充は両肩に七彩の足をかけるとさらに激しく胎内を突き回し始めた。

「いや、だめ……また、イッちゃ……ぅ……」

強い刺激に声が漏れて、気づくと半べそをかく子どものようにグズグズと鼻を鳴らしてしまう。これ以上感じさせられたら壊れてしまうのに、充がそれを止めようとしないからだ。

充が動くたびに身体の熱が大きくなって、どうしていいのかわからない。すべてが充に支配されて、自分の身体なのにどうすることもできなくなっていた。

「や、あぁ、ん、いやぁ……」

鼻を鳴らして喘《あえ》ぐ七彩の耳に掠れた充の声が響く。

「いいよ、何度でも気持ちよくなったらいい」

それは少し上擦っていて苦しそうだ。

「はぁ、ん、あ……あぁ……」

「ほら」

充が隘路を広げるように腰を押し回す。

「ひぁっ！　だめ、掻《か》き、まわ……しちゃ……」

こんなふうに押し広げられたら胎内から蜜が溢れてしまう。すでにふたりの太股やお腹は七彩の愛蜜で濡れて大変なことになっている。

「これがいいの？」

「ちが……」

力なく首を振るのに充はさらに雄竿を押し回し七彩の淫らな隘路を広げてくる。

「だめ、だめ……ぇ……」

頭のてっぺんからつま先まで全身が愉悦に支配されていて、もう自分で身体をコントロールすることができなくなっていた。

「七彩、好きだ……」

充の熱っぽい囁きも、七彩に触れる熱い手も、激しく突き動かされる雄芯もすべてが愛《いと》おしくて、七彩は腕を伸ばして必死に充の身体を抱きしめる。

「あ、あ、あ……」

つい先ほど体験したばかりの感覚に七彩の身体が震え始める。雄芯で七彩の胎内を突き回していた充がその気配を感じたのかさらに動きを速めた。

「んぁ……ああ……っ……！」

ビクンビクンと腰が跳ねる。再び膣壁が収斂《しゅうれん》して雄竿に激しく絡みついていくのを感じる。充はさらに腰を振るとうめき声をあげながら七彩の華奢な身体を強い力で抱きしめた。

次の瞬間七彩の胎内で充がビクビクと震えるのを感じた。充も終わりを迎えたのだと気づいたときには眠気が襲ってきて、七彩はぐったりと手足をシーツの上に投げ出していた。

「はぁ……」

耳にくり返し聞こえる荒い呼吸は自分のものなのか、充のなのかも判断がつかないほど頭の芯まで痺れてしまっている。

初めて抱き合ったのにこんな痴態を晒してしまった羞恥が襲ってきたけれど、それよりも身体のだるさが勝ってしまい、充が汗にまみれた身体を拭いてくれているときもされるがままになっていた。

やがてベッドの隣に入ってきた充に抱き寄せられて、七彩は子どもが甘えるようにその胸に頬を押しつけた。

「七彩、大丈夫？」

「……ん」

口を開くのも億劫《おっくう》で鼻を鳴らす程度の返事を返す。充の大きな手が七彩の髪を梳く。

そういえば充は髪を下ろしている方が好きだと言っていた。これから彼の前では髪を結ぶのはやめよう。心地よい手つきはさらに七彩を眠りの世界へと誘う。

「こんなに疲れさせるつもりはなかったのに……君が可愛すぎて歯止めがきかなくなったんだ」

「……ん」

「俺のものになってくれてありがとう」

充がそう呟いて額に唇を押しつけてきたことには気づいたが、眠気が強すぎてそれ以上返事をすることができなかった。

こんなふうに大切に扱われるのは初めてで、七彩はいつまでもこの温《ぬく》もりの中で眠っていたいと感じながらゆっくりと意識を手放した。

7

七彩が目覚めたとき隣に充の姿はなかった。彼が寝ていた場所が抜け殻みたいにぽっかり空いていて、七彩を起こさないようにそっと出て行ってくれたのだとわかる。

しばらく白い天井を見つめてぼんやりとしていたが、ベッドサイドの時計の時間を見てギョッとして起き上がった。

時計はもうすぐ九時を回ろうとしている。七彩は急いでベッドから出ようとして自分がなにも身に着けていないことを思いだした。

昨夜充と過ごした初めての夜は一度では済まず、朝方もう一度抱き合い再びそのまま眠りに落ちてしまったからだ。

どうしようかと見回すと、ベッドの足元の方にたたんだバスローブが置いてある。昨晩抱き合ったときはなかったはずだから、充が七彩が着られるように置いておいてくれたのだろう。

バスローブ一枚でうろつくのは落ち着かないと思いつつそれを羽織ると、前がはだけないように腰紐《こしひも》をきっちりと結んだ。

リビングに充の姿はなかったが、すぐに開いた窓の向こうにその姿を見つける。窓からは涼やかな朝の空気と波音が流れ込んでいて、充はテラスの柵にもたれかかり海を見下ろしていた。

「おはようございます」

七彩が声をかけると、充がパッと柵から身を起こした。

「今起こしに行こうと思っていたんだ」

七彩と同じバスローブ姿の充が近づいてきて、

「おはよう」

そう言って唇にチュッと音を立ててキスをした。

「……」

今朝の充も甘い。昨夜も十分甘い言葉を囁かれてトロトロに蕩けさせられてしまったのに、それは一晩経っても変わらないらしい。

自然と頬が熱くなるのを感じながら、充の態度が今朝も変わらないことにホッとした。

一夜を共にしてみたものの、やっぱり違うとか満足しなかったと態度を変えられたらどうしようかと少しだけ不安を感じていた。もちろん充がそんな男性だとは思わないけれど、経験の少ない七彩は充のような大人の男性を満足させられるのか心配だったのだ。

しかし充はいつになく上機嫌で七彩の背中を押してテラスのテーブルへ連れて行く。白いスチール製のテーブルにはブルーのクロスがかかっていて、すでに料理が並んでいた。

昨夜は部屋の中を見る暇もなかったが椅子は籐《とう》でできていて、ひとり掛けの丸いソファーが可愛い。

少し離れたところにはデッキチェアーも置かれていて、海を見ながら読書をしたりうたた寝をしたら気持ちが良さそうだ。

「七彩がよく眠っていたから、レストランじゃなくテラスに変更してもらったよ。座って」

「ありがとうございます」

七彩はソファーに腰を下ろすと、改めてテーブルの上に並んだ料理を見て、お腹が空いていることに気づいた。まあ一晩中とは言わずとも夜中に運動していたわけだから当然かもしれないが、そう感じることもなんだか幸せだと思えた。

「美味しそう」

「七彩は朝ご飯を楽しみにしてたんだろ?」

昨晩の言葉を引用されて顔を赤くした。あれは充を受け入れることを決めた照れ隠しだとわかっているはずなのに。

「充さんってけっこうイジワルですよね」

七彩はわずかに唇を突き出し上目遣いで充を見つめた。

「イジワル？　俺が？　こんなに七彩に尽くしているのに」

そう言いながらポットからコーヒーを注いで七彩の前に置く。それからカゴの中に入ったパンを七彩の皿の上に盛り付けてくれた。

尽くされているといえばその通りなのだが、場数が違うというか、太刀打ちできない余裕があるのだ。いつかはそれに慣れるときが来るのだろうか。

「いただきます」

七彩はいつものように両手を合わせると、充がボウルからサラダを取り分けてくれた。

「ありがとうございます」

サラダはリーフレタスとベビーリーフがミックスされていて、細かく砕かれたゆで卵とカリカリのクルトンが載せられている。ティーカップよりも少し小さなピッチャーに入ったドレッシングが三種類用意されていて、七彩はシーザードレッシングをサラダにかけた。

「スープは冷製だそうだ」

白いスープ皿には薄いピンク色の液体が入っていて、七瀬はすぐスプーンに手を伸ばした。

「ん！　美味しい！」

一口飲み下しただけで思わず声が漏れる。

濃厚なエビの風味のわりに後味がすっきりしていて、次々と口に運びたくなる。

昨夜自分でも言った通りオーベルジュの朝食には興味津々だったが、スープひとつ取っても手の込んだものが出てくるのはさすがだと思った。

「気に入った?」

「はい」

自分でも作れるだろうかとメニューブックに手を伸ばすと、ジャガイモとエビのビシソワーズと記されていて、さすがにフレンチはきちんと勉強しないと難しそうな気がした。今から料理教室に通って作れるようになるだろうか。そうしたら充に食べてもらいたい。

「そうだ」

七彩はずっと考えていたことを伝えるなら今だと思った。

「この前から気になってたんですけど、ヘルパーさんにお料理をお願いするのやめませんか?」

「どうして?」

「いつもたくさん作っておいてもらえて助かるんですけど、少し多すぎるんですよね。私も外で食べるときもあるし、充さんも遅い日が多いでしょう? それなら私が作った方がいいかなって。その方が充さんが遅くなったとき、そのとき食べたいものを準備してあげられるし」

「それじゃ七彩が大変だろ」

　充の言葉に七彩は笑顔で首を横に振った。

「もともと契約結婚中に私に負担がないように頼んでくださったんですよね？　会社で例えれば福利厚生じゃないですか。でも本当の夫婦になるなら私も共同経営者ですから、少しは家の仕事を任せて欲しいんです。それに……充さんに簡単なスープとかじゃなく、ちゃんとご飯を作ってあげたいっていうか。例えばこのスープとか、フランス料理を習いに行ってもいいかなって」

「そんなこと気にしなくていいのに。七彩はこのまま仕事を続けるつもりだろ？」

「はい。充さんがかまわないならそうしたいです」

「だったら共働きなのに七彩ひとりに家事負担がかかるのはおかしいよ。休みの日は俺もできる限りやるつもりだけど、平日はどうしても仕事で手が回らない。そうなったら早く帰宅する七彩がひとりで頑張らなくちゃいけなくなる。君はやらなくていいって言っても頑張りそうなタイプだから」

「でも……」

　納得できないという七彩の様子に充が折衷案を提示する。

「それならこうしたらどう？　掃除は今まで通り入ってもらって、食事は七彩に任せる。その代わり昼のうちにヘルパーさんに買い物を頼んでおくとかネットスーパーを利用するっていうのもいいね。仕事帰りに買い物をして帰るのだって大変だろ」

確かに買い物をしておいてもらえるのは助かる。ネットスーパーという手もあるが、あれは受け取るときに自宅にいなければいけないのでタイミングが難しい。

というかなに不自由なく育った御曹司で、家事のことなど詳しくないと思っていたのに意外にも理解があることに驚いてしまう。

「でも七彩の気持ちはすごく嬉しいよ。それに君の手料理が待っているなら早く帰ろうって頑張れる。もしかしたら楽しみすぎて仕事がおろそかになるかもしれないな」

実際には忙しい充にそんな余裕はないとわかっているのに七彩は慌てて言った。

「そ、それはダメです。お祖父様に怒られますよ」

「ああ。色ぼけだってからかわれるかもしれないな。でも君と過ごせるならそう思われてもいいよ」

充の低い笑い声と波の音が耳に心地いい。ゆったりとしていて、ずっとこうしていたいと思える。明日は仕事があるからこのまま東京に戻らなければいけないと思うと、この時間が余計貴重なものに感じられた。

この人と結婚できたのは、自分にとって宝くじに当たったよりも幸運だった。七彩は心からそう思いながら充に微笑みかけた。

事実上でも充と夫婦になってから数日。事務所の時計は間もなく定時を指そうとしていて、七彩は今日の晩ご飯はなにを作ろうかあれこれ考え始めていた。

充は仕事での会食も多いからどうしても野菜の摂取が足りなそうだ。それなら野菜をたくさん使ったメニューか。でも男性ならやはりがっつり肉料理も必要だろうかと、まだ仕事中なのに意識はそちらに向いていく。

今日は買い物をして帰るつもりだから、定時になったらすぐに会社を出ようと七彩がもう一度時計を見上げたときだった。

事務所の受付の辺りがざわめく気配に気づく。七彩のいるデスクからは気配しか感じないが来客のようだ。

この時間に来客の予定が入っていただろうか。七彩は様子を見ようと立ちあがりギョッとする。事務の女性に案内されて入ってきたのは充で、すぐに七彩を見つけて嬉しそうに手を振ってきた。

「充さん⁉」

今日は丈琉と約束があったのだろうか。どちらからもそんな話を聞いた記憶がないと思っていると、丈琉が奥の部屋から姿を見せた。

「なんだよ。今日は約束なんてしてないぞ」

「おまえに会いに来たわけじゃない。仕事が早く終わったから自分の妻を迎えに来ただけだ」

　充はそう言うと七彩に向き直る。

「もう帰れる？」

「え、あ……はい。というか、突然どうしたんですか？　だって今朝会社に来るなんて一言も言ってなかったじゃないですか」

「一応君のスマホにメッセージは送ったんだけど」

「えっ、いつですか？」

　スマホはデスクの上に置いてあるのだが気づかなかったらしい。すると充がさらりと付け足した。

「今このビルの下から」

　それは気づかなくても仕方がないのではないだろうか。というか、これは確信犯で七彩を驚かせようとしたに違いない。七彩が疑いの眼差しを向けると、充がわずかに眉を上げたから間違いないだろう。

「今日は君の夫としてご挨拶をしておこうと思ってね。いつも妻がお世話になっております。よかったらこちら皆さんで召しあがってください」

　そう言って充が案内の女性に手渡したのは銀座の高級菓子店の紙袋だ。よく取引先の企業から手土産をもらうが、これはその中でも一級品で女性陣の目が輝いた。

「ありがとうございます～」

一応七彩と充が結婚していることは事務所のスタッフに伝えてはいるが、結婚式も挙げていないし結婚後も仕事は旧姓のままでなにも変わらなかったので、改めて充を七彩の夫だと認識したのだろう。

みんなチラチラと好奇の目で充と七彩を見つめている。

「七彩ちゃん、もう帰れるなら上がってもいいよ」

丈琉がそう助け船を出してくれたが、明日出勤したらみんなに充との結婚生活についてあれこれ聞かれることは間違いない。

車の助手席に乗りこんだとたん、七彩は盛大な溜息を漏らした。

「どうした？　なんだか怒ってるみたいだけど」

不機嫌な理由がわかっているくせに、充がそんなことを言う。

「だって突然会社に来るなんて……今頃みんな充さんの噂で大盛り上がりですよ」

「どういう意味？」

「いきなりイケメンが高級な手土産持って現れたらびっくりするじゃないですか！」

七彩はわざと強い口調で言い返すと、ハンドルを握る充の横顔を見た。

未《いま》だに本当に充が自分のことが好きだなんて、夢でもみているような気がする。充はこれまで身近にいなかったタイプだし、普通に生活をしていたら偶然出会える人ではなかったと思う。二次元的思考で考えると、充との出会いは運命だったと思ってもいいのだろうか。

そう考えると同僚たちにあれこれ質問されるのは面倒だと思いつつ、充のような素敵な男性と結婚していることをうらやまれるのは悪い気がしなかった。

こんな自分勝手な考えを充には知られたくない。もちろん充はそんなことで七彩を軽蔑するような人ではないけれど、つい先日まであれほど離婚に拘《こだわ》っていた身としては内緒にしておきたかった。

「七彩、せっかくふたりとも早く帰れるからどこかで食事をしていこうか。なにか食べたいものある？」

充の提案に七彩は首を横に振る。

「今日は家で食べませんか？　面倒でなければ、家のそばのスーパーで買い物して帰りたいんですけど」

「スーパーに寄るのはかまわないけど、君だって仕事をして疲れてるだろ。前にも言ったけど七彩に負担をかけたくないんだ」

「私も前に言いましたけど、負担だなんて思ってません。充さんにご飯を作ってあげたいって言いましたよね？　今日はもうメニューも考えていて、あとは買い物して帰るだけだったんです」

一流の味を食べ慣れた充は七彩のあまり上手でもない手料理を食べるより、そちらの方がいいからそう提案してきたのかもしれない。七彩は慌てて付け足した。

「あ、でも充さんが外食の方がいいって言うなら」

——私は全然かまわないです。そう言おうとした七彩の言葉を充が遮った。

「外食より七彩の手料理の方がいいに決まってるだろ」

「え？」

「この前俺が君を好きになった理由でも言ったけど、君が僕のために作ってくれるスープが最初に君に興味を持ったきっかけだったんだぞ。こんな優しい味付けができる人はどんな人間なんだろうって興味を持った。その君の料理が食べたくないなんて思うわけない」

少し口調が強く聞こえるのは、七彩がまだ充の気持ちをちゃんと理解していないと思っているからだろう。

「じゃあ今日は充さんの好きなものを作ります」

そう言うと、子どもがふて腐れたような顔で前を向いていた充の表情が少し緩む。

「わかった。それなら一緒に買い物してなにを作るか決めよう」

「え？」

「俺も一緒に作るって言ってるんだよ」

「充さん、お料理できるんですか？」

ヘルパーに家事を頼んでいた充が料理をする姿なんて想像できない。

「意外？　俺だって一人暮らしが長いからね」

「だってヘルパーさんに作り置き頼んでたじゃないですか」

「あれは君のためにだ。一人暮らしのときは掃除だけお願いしていたんだ」

そういえば最初の頃そんな話を聞いたことがあるが、ときおり依頼をしていたものだと思っていたのだ。

「仕事が忙しくて君に任せっぱなしだったけど、これからは交代で朝食の支度をしようか」

充が朝からキッチンに立つ姿は想像できないけれど、仕事もできて料理もしてくれる旦那様なんてやっぱりスパダリで、二次元キャラだ。

まず今日はエプロンをしてキッチンに立ってもらおう。できれば隠し撮りなんかもしたい。いや、自分の夫なのだから隠し撮りなどしなくてもいいのだが、ついオタク思考に走ってしまうのだ。

「とりあえずは、今日一緒にお料理しましょうか」

七彩は子どものようにはしゃいで言った。

結婚して一年が過ぎたのに、充について知らないことばかりだ。まあ本当の夫婦としては新婚だし、なんなら恋人期間がないのだから知らないことが多くても仕方がない。

むしろ公式から推しの情報が無制限で供給されるなんて最高だ。またオタクの思考でそんなことを考えてしまう。これまでの彼氏にそんなことを言ったら引かれたかもしれないが、充はきっと笑って受け入れてくれるはずだ。充はそういう人だと七彩は信頼しきっていた。

ふたりが住むマンションの近くのスーパーは高級な店が多く、そのほかにいわゆる全国的に名前の知られているスーパーもあるのだが、明らかに七彩の実家の近所にある店よりも価格帯が高い。

一年もこの街に住んでいてすっかりそれに慣れてしまっていたが、この日は充と初めての買い物ということもありとても新鮮な気分だった。

スーツ姿でカートを押す充はきっと店内で浮くだろうと想像していたが、意外にも夕方の高級スーパーは充と七彩のような組み合わせのカップルも多く歩いている。

やはりこの辺りのマンションに住んでいるセレブカップルなのだろう。というか、自分たちも周りから見ればあんな素敵なカップルに見えているだろうか。

充が手の込んだものは必要ないというのでメインは塩こしょうをして焼くだけのステーキにして付け合わせやサラダの材料をカゴに放り込む。

「肉は俺が焼こうか。ソースはなにがいい？　オニオンソースでいいならお勧めのレシピがあるんだ」

充は特に説明も読まずに調味料をカゴに放り込んでいくから、言っていた通りそれなりに料理ができるらしい。

実際部屋に戻った充は部屋着に着替えるとさっそくシンクの前に立った。

長袖のTシャツの袖を捲り上げて包丁を持つ姿はなかなか様になっていて、すっかり充沼にはまっている七彩にはいい目の保養だ。

付け合わせはマッシュポテトとブロッコリーにして、手抜きをして買ってきたサラダセットをサラダボウルに盛り付けた。

ふたりでやると食事の支度もあっという間だし、後片付けも食洗機にお任せなので、七彩に充が心配する負担などまったくと言っていいほどなかった。

「充さん、ホントにお料理できたんですね。お肉の焼き加減絶妙でした」

かなり厚みのある肉を買ったのでちゃんとミディアムレアぐらいの焼き加減になるか心配していたのだが、充は上手に肉を焼き上げ切り分けてくれた。

しかもどこからか木製のカッティングボードを取り出してきて、まるでお店で注文したときのように盛り付けてくれ、いつの間にカゴに入れたのかルッコラまで添えられている。

盛り付けにも拘れるのは、料理をそれなりにやっていた証拠だ。

「俺も料理をするって、これで少しは納得できた?」

「はい。でも私より上手かもって……」

七彩も実家では料理をそれなりに躾《しつ》けられたと思っているが、家庭料理ばかりで充の舌を満足させられる料理が作れるのか心配だ。なるべく早く料理教室に通った方がいいかもしれない。

「俺は味付けって言うほどのことはしてないからね。今日みたいにただ焼くっていうだけなら自信あるけど」

充はそう言ったが、舌が肥えている人だから実は味付けにも色々拘りがあるかもしれない。七彩は充の焼いてくれた肉に舌鼓を打ちながら、この味付けをちゃんと覚えておこうと思った。

ふたりであれこれ他愛ない話をするのは楽しくて、キッチンの片付けを終えた充とコーヒーを入れてソファーに移動する。

「そうだ、七彩に言っておくことがあったんだ。急なんだけど来週からオーストラリアに出張することになった」

すっかり忘れていたという顔の充に、彼もこの時間を楽しんでくれていたのだと嬉しくなった。

「どれぐらい行くんですか？」

一緒に住むようになってから何度か出張があったけれど、ちゃんとした夫婦になってからの出張は初めてだ。

「一応一週間の予定だけど、向こうの状況によっては一日、二日延びるかもしれない」

「一週間……」

一週間も充に会えないことを想像して、なんだか急に心細くなってくる。

ふたりでオーベルジュに泊まった翌日からは充の部屋で一緒に眠るようになったが、ひとりであの広いベッドに眠るのは想像しただけで寂しい。

充がいない間は自分の部屋に戻るか、いっそ充が許してくれるなら実家に帰った方が気が紛れるかもしれない。寂しくなった七彩はわざと明るい声で言った。

「オーストラリアってなにが名物でしたっけ？　美味しいもの……ああ、オージービーフとか？」

「お土産に肉は難しいけど、なにか欲しいものある？」

「そうですね～やっぱりコアラのぬいぐるみとか？　最近はコスプレしたコアラのぬいぐるみがあるってテレビで見ました」

「じゃあ一ダースぐらい買ってこよう」

「い、一ダースって」

七彩が狼狽えるのを見て笑ったが、七彩を驚かせるためなら冗談ではなく本気でやりそうで怖い。

「ほかには？」

「お菓子とか？」

オーストラリアにどんなお菓子があるかわからないけれど、以前海外旅行をしたときに現地のスーパーで珍しいパッケージのお菓子を買い込んだことを思いだす。

するとが言った。

「七彩はマカダミアナッツは好き？」

「え？　アレってハワイじゃないんですか？」

充の言葉にハワイのお土産の定番、マカダミアナッツのチョコレートのパッケージが頭に思い浮かぶ。

「そう思うだろ？　俺も仕事で行くまでは知らなかったんだけど、オーストラリアが原産国らしいよ」

「へえ」

「ナッツそのままの商品が多いんだけど、コアラの形をしたチョコレートもあるんだ。コアラが好きな七彩にはそれにしようか」

オーストラリアと言われてたまたまコアラぐらいしか思い浮かばなかったからなのだが、いつの間にコアラ好きになっている。

でも充がお土産屋さんでコアラのぬいぐるみを選ぶ姿を想像するのは楽しかった。その姿を自分の目で見ることができないと思ったら、出発は来週なのに急に寂しくなってきた。

　本当にひとりでこのマンションで過ごすことができるだろうか。すると充も同じことを考えていたらしく溜息交じりで言った。

「一週間も七彩と離れるのは寂しいな。声ぐらいは毎日聞きたいから時間を決めて電話するよ」

「でも、時差が」

「北半球と南半球で遠いからかなり時差があるように思われているけど、実は一時間程度なんだ」

　海外といえば時差があると思い込んでいた七彩は目を丸くする。たった一時間ならいつでも充と話ができるし、なにより彼にも負担が少なそうだ。

「それにしても、ひとりでここに残して行くのはやっぱり心配だな。七彩が嫌じゃなければ俺がいない間実家に泊まりに行ったら？」

　それは七彩も考えていたことだったからありがたく頷いた。

「そうですね。あとで母に相談してみます」

「うん、そうしてくれ。それにしても……俺、七彩と離れて眠れるかな？」

　もちろん冗談で口にしたのだろうが、子どものような言葉にクスクスと笑いが漏れて素直な気持ちになる。

「私も同じこと思ってました。充さんのベッドで眠るのは寂しいから自分の部屋か実家に帰ろうかなって」

俯いた七彩の手を充が握りしめ、ゆっくりと自分の方に引き寄せる。

「じゃあ一週間会えない分君のことを忘れないようにちゃんと抱いておかないと」

広い胸の中に引き寄せられて、その安心感に七彩はホウッと息を吐き出して広い胸に頬を押しつけた。

「はい。寂しくならないように一週間分ギュッとしてくださいね」

「君は……またそんな可愛いことを言うんだな」

充が頭の上でなにか呟いたが、小さすぎて良く聞き取れない。七彩が問い返そうと顔をあげると待ち受けていたように充の口付けが落ちてきた。

コーヒーのビターな香りが混じっているのに、充の口付けは相変わらず甘い。キスをしているのに、なんだか言葉で甘やかされているような気持ちになって、その心地よさに充に身体を預けてしまう。

熱い粘膜で口の中を何度も擽られて、自分からもっとして欲しいとねだるように頭をもたげていた。

気づくと抱きあげられ充の膝の上に乗せられていて、七彩はぎゅーっと充の身体にしがみついた。

「どうした？　今日はいつもより甘ったれだ」

「だって、充さんがいっぱいキスするから」

「そう？　俺は君にいっぱいキスされたって思ってるけど。今日はいつもより積極的だった」

「そ、そんなこと……」

確かに夢中になっていたのは認めるが、それは充が七彩を煽ってくるからつい乗せられてしまっただけだ。七彩は照れ隠しに充の胸に額をグリグリと擦りつけた。

「まあ俺はそういう七彩も好きだけどね」

「……もぅ」

一年前の自分が今の様子を見たらどう思うだろう。あまりの態度の違いに充の別人格を疑うレベルだ。

夕食のときに飲んだワインの酔いも残っていて身体はまだ火照っている。このままソファーに倒れ込んでしまいたいところだが、ふたりとも明日も仕事なのだからそうはいかないだろう。

「充さん、先にお風呂使ってください。私、食洗機の食器片付けておくので」

七彩は充の胸から身体を起こしながら言った。しかし充は返事の代わりに七彩の手を取ってソファーから立ちあがる。

「それは明日の朝俺がやる。今言ったばかりだろ、一週間分君を抱きしめたいって。今すぐ始めないと一週間分には足りないよ」

「……は？」

七彩が問い返す前に、充が手を引いて歩き出す。

「充さん？」

「それに風呂に入るなら一緒に入った方が時間短縮だろ？」

「ええっ⁉　ま、待って」

「待たない。いいじゃないか風呂でもちゃんと君を抱きしめてあげるから」

充はジタバタと暴れる七彩の手を引いてバスルームに向かった。

そもそも男性と一緒に入浴するのは初めてだし、バスルームにはすべて見えてしまう明かりがある。さすがにベッドルームのように暗くすることはできないから、明るい場所で充に裸を見せることに躊躇《ちゅうちょ》するのは当然だ。

七彩はかなり抵抗したのだが「時間がもったいない」という理屈で服を脱がされ明るいバスルームに連れ込まれてしまった。

「ヤダヤダ！　やっぱり無理ですから！」

充はジタバタと抵抗する七彩の手首を摑《つか》んだままシャワーのお湯を出す。

「もう何度もお互いの裸を見てるのに今さらだろ」

「全然違いますってば！」

「どっちにしても今逃げてももう裸なんだから一緒だって」

充はそう言うと七彩の腰を引き寄せて逃げられないようにすると、シャワーヘッドを七彩の身体に向けた。

「もぉ……」

熱い飛沫《しぶき》を素肌に浴びながら、七彩はふて腐れて唇を尖らせた。

「ほら、もう観念して」

「だって」

不満を口にしようとした唇にチュッとキスをされる。軽く触れるだけのキスなのに、七彩はなにも言えなくなってしまった。

「洗ってあげるからここに座って」

言われた通りバスタブの縁に座ると、充が七彩の前に跪《ひざまず》きボディーソープを手に取る。それから手のひらでたっぷり泡立てたボディーソープで七彩の足を包みこんだ。

「ひぁっ」

触れられるとわかっていたのに、やっぱり触れられた瞬間声が漏れてしまう。

「擽ったい？　ずっと思ってたけど、七彩ってかなり敏感だよね」

「そ、そんなこと……」

「いーや、敏感だよ。だって初めて君を抱いたときだってちょっと触れただけでビクビク震えてた」

「それは……充さんの手つきがいやらしいからで……」

そう言い返してみたけれど、七彩が感じてしまうのは本当のことで自然と声が小さくなる。

充に触れられるとすぐに身体が火照ってしまうのは間違いないけれど、それは相手が充だからでこれまでこんなふうになったことはないのだ。

でもそんな言い訳をしたら過去の彼と充を比べているように聞こえるかもしれない。最初の夜に充が他の男の話は聞きたくないと言ったことを思いだし言葉を飲み込んだ。

「七彩、なに考えてるの？」

言葉と共に充の手のひらが煽るようにふくらはぎと足首を何度も往復して、指の間まで筋張った指が丁寧に潜り込んでくる。

「ん……っ」

ただ洗われているだけだと言いきかせるけれど、やはり身体が熱くなってしまうのを止めることができなかった。充の手つきがいやらしいのが悪いのだ。

それに充は七彩が感じ始めていることにちゃんと気づいていて、手のひらを太股へと滑らせながらわざと指先で膝の裏を擽ったり、内股をゆっくり撫で上げたりする。今にも足の間に指が届きそうなのに触れずに離れていくのがもどかしくてたまらなくなった。

「はぁ……っ」

シャワーの熱気と淫らな手つきに七彩の呼吸が乱れる。恥ずかしいけれど、早く触れて欲しい七彩が無意識に腰をくねらせると、太股を撫でていた手が突然離れ、その手が華奢な手首を摑む。

足と同じように指の間にまで泡を纏《まと》わされ、二の腕や肩口まで手が滑らされ身体のムズムズがさらに高まってくる。

充の目の前に晒された胸の頂はすでにピンと立ちあがって触れられるのを待っていた。それなのに充の手はその期待を裏切るように背中へと回され、七彩の白い背中を滑っていく。

「んん……っ」

いつの間にか身体のどこに触れられても声が漏れるぐらい昂ぶっていて苦しい。どうして充はなにも言わずただ黙々と手を動かしているのだろう。

七彩は涙目になりながら助けを求めるように充を見つめた。

「……どうしたの?」

唇には笑みが浮かんでいるが、その声は少し掠れている。まるでなにかをこらえているみたいだ。

「だって、充さんが……イジワル、するから」

「イジワルなんてしてない。俺たちはまだ試用期間だからね。君が嫌がることをしたら離婚されるかもしれないと思うと触れられないんだ」

散々触れておいて今さらそんなことを言うのは、七彩をからかっているからだ。

「う、嘘吐《うそつ》き！」

「嘘吐きなんてひどいな。俺は七彩に嫌われたくないだけなのに」

そうしれっとした顔で口にするのが七彩をからかっているのだ。

「も、もう出ます！」

そう言ってシャワーに手を伸ばす七彩の手を一瞬だけ早く充が押さえる。そのまま引き寄せられて背後から羽交い締めにされてしまった。

「あ……っ」

「こうして欲しかったんだろ？」

充は耳元でそう囁くと七彩の胸の膨らみを両手で鷲づかみにした。

「あ、ん！」

柔らかな膨らみに筋張った指が食い込み、尖った尖端が押し出される。充は指で器用にその尖端を挟み込むと押し潰すようにして扱《しご》き始めた。

「あぁ……っ、や、ん……」

尖端から待ちわびた愉悦が広がって、七彩の身体が充の腕の中で大きく戦慄《わなな》いた。

「ここ?」

耳に唇が押しつけられ、長い指が硬く膨らんだ乳首を押し潰す。

「ひぁっ!」

胸だけでなく足の間もじんじんと痺れて切なくてたまらなかった。

泡にまみれた指で乳首をくにくにと捏ね回され、いつもより滑りのいい手のひらの感触に七彩の身体が愉悦に震える。

「もっと?」

いつもより乱暴に愛撫されていると思うのに、もっと触れて欲しくて七彩はコクコクと何度も頷いた。

すると充は片手で胸を愛撫しながらもう一方の手をウエストから足の間へと滑らせる。頽《くずお》れないように足に力を入れているせいでそこは無防備になっていて、泡と共に充の手が秘処に滑り込んだ。

「あ」

充の指がぬるりと滑るのを感じて、七彩はカッと頭に血が上るのを感じた。そこはすっかり愛蜜で濡れていて、指が滑る感触は泡や湯とは違う淫らなものだった。

「もうこんなに濡らしてだめじゃないか。ちゃんと綺麗にしておかないとね」

充は七彩の耳に唇を押しつけたまま、指でその場所をかき乱し始めた。

濡れ襞《ひだ》を割って、指が上下に往復する。たったそれだけの動きなのに七彩の身体は官能に震えてしまい、ブルブルと戦慄いてしまう。

指で捏ね回され尽くした乳首はジンジンと痺れていて、その場所を優しく舐めて欲しくてたまらない。

自分はいつからこんな淫らなことを考えるようになってしまったのだろう。充に抱かれるようになるまでは、自分の身体にこんな欲望などなかった気がする。

「あ、あぁ……や、だめ……っ……」

充の指が動くたびクチュクチュと聞こえるのは自分の愛蜜のせいだと思うと恥ずかしくてたまらない。七彩が無意識に指から逃げようとすると、胸を愛撫していた手で腰を引きつけられる。そして片足を抱え上げられ、バスタブの縁に乗せられてしまった。

「やぁ……っ」

これでは足を閉じることもできず、充がさらに愛撫しやすくなってしまう。もちろんそういう意図で足を開かされたのだとわかっているが、こんなにいやらしく乱れてしまう自分を見られるのが嫌でたまらなかった。

「七彩をもっと気持ちよくしたいだけだから大人しくしてて」

そう囁いて、再び淫らな花弁を愛撫し始めた。

足を開いたせいで充の指の動きがさらに自由になる。愉悦に震える花弁をかき分けると、その奥に隠された花芯に触れた。

「んっ」

いきなり強い力で押し潰され七彩の身体が大きく跳ねる。しかし逃げようにも背中に貼りつくように充の身体が押しつけられていて、それ以上動くことはできなかった。

「ここも大きく膨らんでるのがわかる？　七彩はいつもここを触ってあげると可愛く啼《な》くんだ」

クリクリと小さな花芯に蜜が塗り込められる。ほんの小さな場所を愛撫されているだけなのに快感が全身を駆け巡り七彩は甘い声をあげた。

「あ、あ、あぁ……いや、そこばっか、り……んん……！」

「ここばっかり虐めて欲しい？」

「ちが……や、あぁ……さわら、な……で……あぁ……っ……」

執拗《しつよう》に小さな粒を攻め立てられ、七彩は半べそになった。今にも達してしまいそうな昂ぶりとバスルームの熱気で頭がボウッとしてくる。もうどうにでもして欲しいと叫び出しそうで、早くこの甘い責め苦から解放して欲しくてたまらない。

「み、充さ……だめ、も……だめ、なのぉ……っ」

早くイカせて欲しくてねだるように頭をもたげると、その唇を充の乱暴なキスが塞いだ。

「んふ……ぁ、ん……ぅ……」

指で激しく愛撫されながら、熱いキスで口腔を荒々しく犯される。腰がブルブルと震え始め、身体が上りつめる準備を始めたときだった。

「感じている七彩、可愛いよ。でもまだイッたらだめだ」

充はそう言うと戒めのように七彩の身体に回していた腕を解き、そのまま七彩の身体を壁に押しつけた。

「あ……」

倒れ込むようにバスルームの壁に身体を預けると、頬や胸がひんやりとして気持ちいい。ぼんやりとした頭はなにをされているのかわからず、腰に手が回され足を開かされたときもされるがままになっていた。

蜜口に硬いものが押しつけられて初めて充がなにをしようとしているか気づく。

「え……ここで……？」

わずかに首を捻《ひね》って問いかけた七彩に応えるように淫らな蜜穴に肉竿の尖端が入ってきた。

「ひぁ……あ、あ、あ……」

ぬぷりと尖端が押し込まれたかと思うとぬぷぬぷと硬いものが七彩の胎内に咥《くわ》え込まされていく。

一切馴《な》らしていない隘路は強引に引き伸ばされて、その甘い刺激に七彩は壁に手をついて背中を大きく仰《の》け反《ぞ》らせた。

「はぁ……っ」

根元まで雄竿をねじ込んだ充がそのまま七彩の背中に覆い被さってくる。次の瞬間さらに雄竿が最奥に押しつけられ、勢いのあまり七彩の身体がわずかに持ち上がった。

「ひぁ……！」

今まで感じたことのない場所に雄の尖端が当たり、目の前に星がチカチカと飛び散る。後背位という慣れない姿勢で子宮口に届くほど奥まで貫かれ、初めて味わう新たな刺激に頭の中が真っ白になった。

次の瞬間お腹の奥がキュンと収斂して、雄に絡みついていた内壁が痙攣する。すると七彩の背後で充が呻くように息を詰める気配がした。

「あ、あ、あぁ……んんんっ！」

七彩はビクビクと震えながらバスルームの壁に身体を押しつける。できればその場に座り込みたかったが、蜜孔を深く貫いた雄竿がそれを許さなかった。

七彩はすでに高まっていた身体が強い刺激に反応して軽く達してしまったことに気づき、ブルブルと震える足でそれに耐える。充にはそれが不意打ちだったようで声が漏れたのだろう。

「はぁ……はぁ……」

充の身体と壁に挟まれたまま荒い呼吸をくり返す。頭の芯まで痺れてしまって、もう今すぐベッドの上に倒れ込んでしまいたい。

しかし充がそれを許してくれるはずもなく、七彩の身体を壁に押しつけたまま激しく腰を揺らし始めた。

「ひぁうっ！」

太い肉竿が引き抜かれたかと思うと七彩の身体を押し上げるようにして最奥まで貫く。それが一度ではなく何度もくり返されるから、七彩の華奢な身体と柔らかな胸が何度も上下に揺れた。

「あっ！　ん！　いやぁ……っ……」

普段の充も七彩の胎内では激しく暴れ回りお腹の奥を何度も突き回すのだが、今日の激しさはまたいつもとは違う。

七彩の中に自分を刻みつけるように、七彩の中に消えない跡を残そうとしているみたいだった。

何度も肉竿が抽挿され、そのたびに胎内から淫蜜が掻《か》き出《だ》されるから、太股はぐっしょりと濡れていた。自身の蜜の熱い感触に粗相をしたみたいで恥ずかしかったが、充にそれを訴える余裕はなかった。

「あ、あ、ダメ！　また……！」

次々と快感の波が襲ってきて、愉悦が七彩を飲み込もうとする。先ほどよりも大きな波が押し寄せてくる感覚に、七彩は自分がどうなってしまうのか怖くてたまらない。

「はぁ……俺も、もうイキそうだ……」

耳元で充の掠れた声が聞こえてさらに抽挿が激しくなった。

充が動くたびにふたりの肌がぶつかり合いパシパシと濡れた音がバスルームに響く。バスルームの熱気も手伝って身体が熱くてたまらない。

「や、イク、イッちゃ……！」

なんて恥ずかしいことを口にしているのだろうと思うのに我慢できない。すると七彩の言葉に応えるように充がさらに強く七彩にのしかかってくる。

「いいよ、七彩、イッて……」

七彩の身体を押さえつけていた手が前に回され七彩の敏感な粒に触れる。もう十分に高まった身体はその場所に触れられたらひとたまりもなく、七彩は小さな悲鳴をあげて一気に快感の階段を駆け上った。

「ああっ、あっ、ああ――……！」

充の腕の中で一際大きく身体を震わせ、七彩の蜜壁はこれ以上ないというぐらい強く充の肉棒を締めつけていた。

一瞬遅れて七彩の胎内から雄が引き抜かれる。次の瞬間白い双丘に熱い飛沫が飛び散る

のを感じて、七彩は再び背中を大きく戦慄かせた。

「く……っ……」

充の唇からわずかに声が漏れて、そのまま重石《おもし》のように七彩の身体にのしかかってくる。その重みに耐えられなくなった七彩が膝を折ると、ふたりでその場に頽れてしまった。

「ごめん……支えきれなかった」

充はそう言いながら七彩を膝の上に抱え上げ抱きしめる。

「痛くなかった？」

そう言いながら七彩の膝を撫でた。幸い膝には痛みもなく、赤くなってもいない。まだ浅い呼吸をくり返していた七彩は言葉の代わりに小さく首を横に振った。

「よかった」

ホッとしたのか、充は七彩を強く抱きしめると薄く開いた唇にキスをした。

一週間分七彩を抱くと言ったけれど、これだけ濃厚なら十分一週間分と言える気がする。気怠《けだる》い満足感に充の腕の中でそんなことを考えた。

しかし充はそうではなかったらしく、今度はちゃんと七彩の身体を洗い流してから寝室で再び七彩を抱いたのだった。

8

オーストラリアまでは約八時間ほどの空の旅だが、時差がほとんどないのでどこの航空会社も朝出発で夕方に到着する便と夜出発して早朝に現地に着く便の設定をしている。

確かに時間を節約したいなら夜飛行機に乗りこみ眠っている間に運んでもらうのが一番だが、いくらビジネスやファーストクラスを手配したとしても、やはり飛行機で眠るのは身体に負担が大きいだろう。

スケジュールの関係で夜出発の便となったが、会社で仕事を片付けてから空港に向かうという充とは朝別れることになった。

七彩は仕事を早退して空港まで見送りに行くつもりだったのだが、出張のたびにそれだと大変だからと断られたのだった。

ふたりの間では充がいない期間どうするかが問題になっていたが、結局平日は通勤が楽だからこのままマンションで過ごし、週末の三日ほどを実家で過ごすことにしてあった。

充とは毎日夜の十一時にテレビ電話をする約束をしていたが、今夜は飛行機の中だからそれもできない。どうやって夜を過ごそうか。朝まで一緒にいたのにすでに寂しくなっている自分が心配になりながら退社時間を迎えた。

お酒でも飲んでさっさと寝てしまった方が寂しさも紛れるだろうか。そう思いながら事務所をあとにしようとした七彩に丈琉が声をかけた。

「七彩ちゃん、お疲れさま」

「丈琉先生もお疲れさまです。先ほどまで裁判所でしたよね？」

七彩は関与していないのだが、丈琉は今顧客企業の著作権問題で民事裁判を抱えている。今日はその口頭弁論だったはずだ。

「うん、一応順調に終わったよ。旦那出張なんだろ？　たまには一緒に飲みに行かないかと思ってね」

こんなふうに七彩ひとりを名指しで誘ってくることは珍しく、思わず笑みが浮かぶ。きっと七彩がひとりで寂しくないよう充が連絡しておいてくれたのだろう。

「是非ご一緒させてください。今夜はひとりでなにを食べようかなって考えていたところなんです」

「そうこなくちゃ。すぐに支度する」

パッと身を翻し執務室に入っていく丈琉を見送って、七彩は親友の頼みとはいえこうして気遣ってくれることに感謝した。

事務所のメンバーで行くときはいくつか行きつけがあり、大人数と少人数でも選ぶ店が違ってくる。今日はふたりきりなので大先生、つまり丈琉の父と同年代の大将が経営する寿司《すし》屋に連れて行かれた。

「お任せで」

丈琉はカウンター席に座るとそう言ったが、実はこの店で最初に注文できるのはお任せだけだ。

大将がその日に仕入れた美味しいものだけをコースにして握ってくれるのだが、初めて来る人は戸惑うし、一見さんお断りではないらしいが敷居の高い店構えなのだ。

もちろんコースのあとにさらに食べたいネタがあれば追加で握ってくれるが、まずはコースを味わうというのがこの店の決まりだった。

カウンターに置かれた寿司下駄《げた》の端にガリが盛り付けられ、順番に握られた寿司がその真ん中に置かれていく。

この店に連れてきてもらうようになるまで知らなかったのだが、寿司にも美味しく食べる順序というものがあって、まずは味が淡泊なものから順に油や旨《うま》みが強いものへと進んでいくのがいいらしい。

丈琉と冷酒を注ぎ合いながら一品ずつ味わっていく。

「そういえばさ、結局婚姻継続についてはどうなったわけ」

そう言われて丈琉になにも報告していないことを思いだした。

「その節はご心配をおかけしました。えーと、まあお互い納得して継続する方向に向かっているというか」

詳しく経緯を説明するのは恥ずかしいが、やはり黙っているわけにもいかずしどろもどろになりながらそう報告した。

約束の三ヶ月まではあと少しあり充は試用期間中だと思っているようだが、七彩の気持ちはすっかり決まっていた。

「なるほどね。まあ先週充が君を迎えに来たことや、昨日出張中に君の様子を気にして欲しいってメッセージが来たことからそうなったんだとは思ってたけどね」

「……ご報告が遅くなりまして……」

充と色々あったことを想像されているようで、七彩は真っ赤になりながら頭を下げた。

「あいつとうまくやれてる？　思ったより君に執着してるから面倒くさいとか思ってない？」

「面倒くさいなんて思わないですよ！　むしろ毎日推しと一緒にいられて楽しいって言うか」

「推し、ね」

七彩の言葉をなぞって丈琉が苦笑した。

「君が楽しんでいるならなにも言わないけどね。俺は全面的に君の味方だからこの先もなにかあったらいつでも相談してくれてかまわないよ」

「ありがとうございます」

　もともと上司として信頼の置ける人だったが、この一年充の親友として付き合ってみて、すっかり心を許せるようになっていた。

「そうだ。充がいないなら明日の午後の交流会に付き合ってもらってもいいかな？」

　丈琉が冷酒のグラスを呷《あお》って思いだしたように言った。

「ああ、弁護士連の集まりがあるんでしたよね」

「うん。俺はいつも参加しないんだけど、今回は親父《おやじ》の代理。古くさいオジさんばかりで退屈だからどうしようかと思ってたんだけど、七彩ちゃんが一緒なら時間も持て余さないで済むし。夜までかかるからひとりで参加しようと思ってたんだ」

　七彩は明日の仕事のスケジュールを思い浮かべ頷いた。書類作成がいくつかあるが、急ぎではないので明日の午後を丈琉のために使っても大丈夫そうだ。

「喜んでお供します」

「助かった。ちゃんと帰りに美味しいものご馳走する。あそこの最上階のラウンジに行ったことある？　最近リニューアルしたんだけど、限定のパフェがあるんだって。女の子に人気らしいけど知ってるかな」

「それSNSで見ました‼　やったぁ！　楽しみにしてますね！」

充がいないのはやはり寂しいけれど、丈琉のおかげで少しはそれを紛らわすことができそうだ。

それから数日、初日を除いては約束通り充から毎晩日本時間の十一時にテレビ電話が来て、お互いその日にあった出来事を話し合ったりした。

結局現地の都合で滞在が二日ほど延びることになったときはガッカリしたが、毎晩の電話が七彩を慰めてくれた。

明日はいよいよ夕方には充が日本に帰国するという日で、ふたりの話題は自然とそのことになった。

「明日の夕方着でしたよね。私、空港まで車で迎えに行きますから。丈琉先生が金曜日だし早く上がってもいいって許可をくれたんです」

『へえ。あいつは君に甘いな』

「そうですか？　私はどちらかといえば丈琉先生は充さんに甘いんだと思いますよ。なんていうかふたりって兄弟みたいなところがあるじゃないですか」

『それって俺が兄であいつが弟？』

「逆です。最初の頃は私もしっかりものの充さんがお兄さんでちょっとやんちゃな丈琉先生が弟だと思っていたんですけど、最近丈琉先生がすごく心配性なお兄さんだなって思うようになったんですよね」

『確かに心配性なところはあるな。それに口うるさい』

「そうですか？」

『ああ、今回君と結婚継続したいって俺が言い出したときも、君から話を聞いた丈琉がすごい剣幕《けんまく》で電話してきたんだ』

確かに充のことを相談したときかなり心配してくれていたが、電話までしていたなんて知らなかった。

「充さん、なにも言わなかったじゃないですか」

『もし丈琉が心配しているなんて言ったら君の気持ちがあいつに傾くんじゃないかって少し心配だったんだ』

それは杞憂《きゆう》というやつだ。確かに丈琉は信頼できるし、素敵な男性だと思う。でもそれはあくまでも上司、同僚として尊敬しているのであってひとりの男性としてではない。

「丈琉先生は充さんのことを心配していたからそんなことを言ったんだと思いますよ。大切な親友を女に取られたくなかったとか」

『想像するとちょっと怖いね』

画面の向こうで充が笑う。その声が妙に色っぽく聞こえてドキッとした。笑い声だけでこんなにドキドキしてしまうなんて、かなりの充不足になっている。やはり推しの摂取が少ないと物足りなくなってしまうらしい。

「早く会いたいです」

七彩は思わずそう口にした。

『俺も。早く君を抱きしめたい』

あと二十四時間後には充の腕の中にいる。そう想像して七彩は胸がいっぱいになった。

しかし現実はそう簡単ではなく、翌朝目覚めると事態は一変して大変な騒動が起きていた。

七彩が朝からかなり迷って服を選んでリビングに行くと、なぜか携帯のバイブレーションの音がひっきりなしに響いてくる。なにか仕事でトラブルがあったのだろうかとディスプレイを見るとすごい数のメッセージと着信もいくつか残されていた。

メッセージの送り主は友人や会社の同僚で、七彩はなにが起きているのかわからないまま一番上のメッセージを開く。

――この記事見た？　本当なの？

事務所の同僚のメッセージにはＵＲＬが添えられていて何気なくそれをタップすると、驚くようなタイトルのネット記事が表示された。

「な、なにこれ……」

《松坂リゾート御曹司の美人妻、夫のいぬまに夜遊び不倫――》

なんともキャッチーなタイトルに頭の中が真っ白になった。

松坂リゾートの御曹司といえば充で、その妻は当然自分のことだ。不倫なんて身に覚えのないワードに七彩は戸惑いながら記事に目を走らせた。

記事はかなり悪意を持って書かれていて、まず記者が七彩と丈琉のふたりが高級寿司店《すしてん》でふたりきりで食事をする様子を目撃したところから始まり、夫の充が出張中にふたりが連日デートをしているように書かれている。しかも目隠しこそされているが並んで寿司屋から出てくる写真とホテルのラウンジで過ごしている様子の写真も添えられていて、その後のふたりの様子についてはぼかすように書かれている。これではなにも知らない人なら御曹司の妻がその親友と浮気をしているように読めてしまう。

さらにご丁寧に七彩の高校時代の同級生と称した女性のインタビューまで書かれていて、昔から七彩は容姿を鼻にかけ、男の気を惹いて楽しんでいて、それが友人の彼氏であろうとお構いなしという、七彩のことを知らない人ならとんでもない女だと思われても仕方がない内容だった。

いわゆる××砲という最近流行のスキャンダル記事だが、事実無根のことをさもありなんとばかりに記事にしていることにゾッとする。

多分丈琉が訴えればすぐに削除されるか謝罪記事が出そうだが、デジタルタトゥーはそんなに簡単なものではない。実際すでにその記事を目にした友人や知人からメッセージが届いていて、事態はかなりの騒ぎになっていると考えていいだろう。

他のメッセージも同じような内容で、ひとつひとつに返事していたら遅刻してしまいそうだ。どのように対処をすればいいだろうか途方に暮れていると、ディスプレイに着信の通知が表示される。

着信相手は丈琉で、七彩は受信のマークをタップした。

「……もしもし」

『七彩ちゃん？　朝早くごめんね。もう記事は見た？』

「はい。友だちからメッセージがたくさん届いていて目を通したところです」

『ひどい記事だね。そのことについて話したいんだけど、なるべく早く事務所に来られるかな？』

確かに始業前に対応について話しておいた方がいいだろう。

「わかりました。今から事務所に向かいます」

七彩は返事をして電話を切ると大急ぎで事務所へ向かった。

事務所にはすでに丈琉ともうひとり、事務所に所属している弁護士の鎌田《かまた》も出勤してきていて、七彩を待ち構えていた。

「すみません、お待たせして」

「俺たちも今来たところだから大丈夫。今回のことは鎌田さんに任せることにしたから、一応色々すりあわせておこうと思って早く来てもらっただけだよ。そんな顔しなくても大丈夫だ」

「よ、よろしくお願いします」

七彩は慌てて鎌田に頭を下げた。

鎌田は丈琉より少し年上で四十代、小学生の女の子ふたりの父親だ。井浦法律事務所生え抜きの弁護士で、大先生も丈琉も信頼を置いている人だった。

鎌田はまだ自分の置かれた状況を把握しきれない七彩を落ち着かせるようにソファーに座らせる。

「突然のことで驚いたと思うけど、こういう記事は不意打ちで相手を動揺させるのが狙いだから、七彩ちゃんはまず狼狽えて余計なことを言わないようにね」

まるで娘を諭すような優しい口調に七彩は安堵して頷いた。

「とりあえず今日明日中に記事を取り下げさせることから動くけど、七彩ちゃんは知らない番号から携帯に着信があっても出ないように。もちろん事務所の電話にも出ない。みんなが出社したら僕から事情を説明して協力を仰ぐから」

「はい」

「そうだ。一応君にも確認しておくけど、この記事に書かれているような事実はないんだよね？」

「も、もちろんです！　以前から丈琉先生とはお食事をご一緒させてもらっていますが、それは充さん……主人も了承済みです。それにホテルのラウンジなんていかがわしい書き方されてますけど、交流会の帰りに期間限定のパフェをご馳走になっただけで、ただそれだけなんです」

「わかった。丈琉先生も同じことを言っているから、君たちが口裏を合わせたのでなければそれが事実ということになる。僕たちは丈琉先生と七彩ちゃんとずっと一緒に仕事をしているからふたりの人となりを知っているからいいけど、あれこれ言ってくる人がいるのは覚悟しておいた方がいい」

「……はい」

どうしてこんなことになってしまったのか今もまだ理解しきれない。ただ会社の同僚で夫の友人と食事をしただけだ。

丈琉が自分のスマホを操作しながら言った。

「鎌田さん。俺の携帯の方に松坂リゾートからすでに問い合わせの連絡が何件か入ってきてるので、こっちは俺の方で調整します。お互い同時のタイミングでプレスリリースできるように打ち合わせした方がいいですよね。出版社の方は」

丈琉の言葉を引き取って鎌田が頷いた。

「ああ。あそこは専務と付き合いがあるから上から話を持っていくよ」

七彩はふと過去の顧客のときにも同じような対応があったことを思いだして言った。

「普通、こういう記事って本人に本当かどうか確認が入るものじゃないんですか？」

以前顧客に週刊誌騒動があったときは発売前日までにこのような記事が出ますよとゲラ刷りが届いたはずだ。それがなくても「この記事は事実ですか？」などと電話がかかって来たりすると聞いたことがある。

だからこんなふうにいきなり悪意のある記事にされるとは思ってもみなかった。そもそも自分は一般人でそんな記事を読んで、読者の人たちが喜ぶと思えなかった。

「どうして私みたいな一般人がこんな記事にされたんでしょうか」

その問いに丈琉が苦笑した。

「七彩ちゃん、自分が松坂リゾートの一員だってことを忘れてるだろ」

「えっ？」

「君は松坂リゾート次期社長の妻。世間ではセレブ妻ってポジションなんだよ。俺たちは君のことを知ってるから、君がそういう気取ったタイプじゃないとわかっているけどね」

確かに七彩も充は育ちが違うといつも思っていたけれど、丈琉に言われるまで自分がその一員であることなどすっかり忘れていた。

「七彩ちゃん、今の日本の人気コンテンツって知ってる？」

七彩たちオタクのことを言ってるのだろうか。七彩は首を傾げながら答えた。

「アニメとかマンガですよね？」

「うん、それもあるね。でもね一番バズる……っていうか、燃えるのは〝不倫〟だよ」

「……」

言われてみればSNSでは一ヶ月に一度は芸能人や政治家など有名な人たちが不倫ネタで炎上している。でもそれは誰もが知っているようなタレント、ほかには自身の顔やプロフィールを公開して活動している人たちだ。自分や丈琉を炎上させてなんのメリットがあるのだろう。

するとその疑問に答えるように丈琉が言った。

「セレブ妻でとびきりの美人とくれば格好の餌食だよ。一部のそういう人たちは叩《たた》かれて当然と思っているんだ」

「でも、私を炎上させてなんのメリットがあるっていうんですか？」

「標的は松坂リゾートだろうね」

その言葉に鎌田も大きく頷いた。

「僕たちが事実無根だと騒ぐことで今回の記事は誤報道だと、出版社から謝罪が出るのは間違いない。でもその出版社の謝罪については最初の報道ほど世間に広まらないだろうね。つまり世間の記憶には松坂リゾートの美人妻は不倫をしたという偽の情報が刻みつけられることになる。まあ十中八九先日発表になった充のプロジェクトで売り上げに影響が出るライバル企業の妨害工作だろうね。会社のイメージダウンをさせたいんだ」

「……」

つまり自分は充の仕事の足を引っぱっているということだろうか。

「七彩ちゃんは悪くないよ。俺も充に頼まれていたとはいえ、こんな大事な時期に君を食事に連れ出すんじゃなかった。充にはちゃんと事情を説明するからさ」

「……あ」

朝の騒動ですっかり忘れてしまっていたが、今日は充が帰国する日だ。現地時間ならそろそろ飛行機が離陸する頃で、きっと日本に帰国するなりこんな騒動が待っているなんて、充は考えもしないだろう。

今朝目覚めたときは充に会えることを楽しみにしていたはずなのに、今は今回のことで彼の仕事に水を差すようなことになってしまったらどうすればいいのか心配でたまらない。

なんのやましさもないから丈琉と出掛けたことを軽率だとは思わないが、まだまだ充の妻としての自覚が足りなかったとは思う。

丈琉は自分が事情を説明すると言ってくれたが、やはり最初に自分の口から伝えて迷惑をかけてしまうことを謝罪したかった。

「あの、充さんには私から説明します。もともと空港まで迎えに行く約束をしているので」

「ああ、そうだったね。それなら俺も一緒に行こうか」

丈琉が一緒に来てくれるのはありがたいが、問題のふたりが一緒に出歩いても大丈夫なのだろうか。すると七彩の疑問の答えを鎌田が口にした。

「それはやめておいた方がいいな。三人一緒にいるところを見られるのはいいが、ふたりきりで車に乗っているのを見られたりしたら噂に尾ひれがつきかねない。たかがネットの記事と甘く見ない方がいい」

七彩は鎌田の言葉に頷いた。

まだ記事が公開されて数時間だがすでに事務所のスタッフや友人など記事を目にした人から連絡がきている。自分が思っている以上に記事が広まっていると思った方がいいだろう。

充の妻として注目されることで、最悪事務所を退所することになったとしても仕方がないぐらいの覚悟はある。松坂リゾートに対する攻撃にこれ以上丈琉を巻き込むわけにはいかなかった。

「空港へは私ひとりで行きます。それまでにはプレスリリースについても話がまとまっているでしょうし、私だけでもちゃんと説明できますから」

「わかった。あいつが君の言葉を信じないなんてことはないと思うけど、なにかあったら連絡して。俺からもちゃんと話をするからさ」

「はい」

そうこうしているうちに始業時間が近づき、事務所のスタッフが続々と出勤してきて、丈琉と鎌田が全員を集めて事情を説明してくれた。

幸いつい先日充が差し入れに来てくれたときの印象がよかったのか、スタッフはゴシップの餌食になった七彩に同情的で、鳴りまくる電話の対応をビシバシこなしてくれたのはありがたかった。

記事では七彩の名前は妻A子、丈琉も友人Bと記されていて知り合いでなければ気づかないよう顔も微妙に隠されている。それなのにたった一晩で事務所の名前まで調べられていて、丈琉や七彩に名指しで取材申し込みの電話がかかってくることには驚いてしまった。

「記事には勤務先や私の名前は書かれてなかったのに」

七彩の言葉に先輩のひとりが笑う。

「最近はなんでも検索で出てくるから怖いよね。本名でやってるSNSない？　そっちも公開制限しておかないと大変だよ」

幸い家族やリアルな知人とやりとりをするメッセージアプリ以外本名を公開しているアカウントはなかったが、言われてみれば去年結婚したとき業界では話題になったと聞いていたし、松坂充の名前で検索すればなにかしら七彩にたどり着くものがあるのだろう。

みんなに迷惑をかけてしまうことがただただ申し訳なかったが、仕事柄スタッフはマスコミ対策には慣れていて、昼頃には問い合わせの電話もほとんど入電しなくなった。

その頃にはすでに松坂リゾートと井浦法律事務所から公式リリースとして事実無根で記事の削除、謝罪がなければ法的に訴える構えであることも発表されていたので、マスコミも様子を見るという流れになったのかもしれなかった。

充本人と連絡が取れないのは彼が帰国のための飛行機の中にいるからだとわかっているのだが、帰国するなりこんな状況になっていることを知ったらどう思うだろう。留守番もろくにできないダメな妻だと思われてしまうかもしれない。

午後は大先生の指示で早い時間に事務所を出て、車を取りに行くためにマンションに戻った。

万が一マスコミがマンションの前に待機していたら大変だと事務所の女性スタッフがタクシーでマンションの駐車場まで送ってくれたがその気配はない。

七彩が空港に到着したのは、充の飛行機が到着する一時間ほど前だった。

到着ターミナルの電子掲示板が充の乗っているはずの飛行機が予定通り定刻で到着することを知らせているのを確認して、七彩は手近なカフェに入った。

ソイラテのラージサイズを注文してカウンター席に腰掛ける。

もう一度近くに見える掲示板を見上げて溜息をついた。万が一飛行機の到着が遅れていたら充と対面する時間を少しでも遅くすることができたのにと思ってしまったのだ。

空港まで来ておいて今さらだが充にどんな顔をして謝ればいいのか、まだ七彩の考えがしっかりとまとまっていなかった。

後ろめたいことはひとつもないのだが、充と松坂リゾートに迷惑をかけてしまった事実が心苦しくてたまらない。

充はもうこのニュースを知っているのだろうか。それともなにも知らずに飛行機に乗ったのだろうか。

そうこうしているうちに充の飛行機が到着し、しばらくして到着ゲートに姿を現した。

「充さん」

同行していた社員と会話をしながら歩いてきた充に控えめに声をかける。すると充が七彩に軽く手をあげ、社員と一言二言交わしてから七彩の元へと歩いてきた。

「七彩、迎えに来てくれてありがとう」

いつも七彩に向けてくれる優しい笑顔に緊張していた気持ちがホッと緩むのを感じた。

どうやら充はまだ報道のことを知らないらしい。知っていたら七彩の顔を見てこんなに嬉しそうな顔をしないだろう。

本当なら一週間以上離れていてやっと会えたことは嬉しいのだが、今から充にあれこれ説明しなければと思うと純粋に嬉しそうな顔をしてはいけない気がして、七彩は曖昧な笑みを浮かべた。

「どうした？　なんだか疲れているみたいだけど」

「つ、疲れてなんてないです。仕事も午前中だけだったので、マンションまで車を取りに行く時間もあったし」

「ああ、そういえば車で来るって言ってたね。仕事終わりに運転して疲れたんだろ。帰りは俺が運転するから七彩は休んでいいよ」

充は手を伸ばして子どもにするように七彩の頭をクシャクシャッと撫でた。

いつも通りの充の態度に、隠し事をしているのが申し訳なくなる。それに充は七彩を労《いたわ》るつもりかもしれないが、どちらが疲れているかといえば飛行機に八時間缶詰だった充に決まっている。

「充さんの方がお仕事で疲れてるでしょ。飛行機なんて座っているだけで大変じゃないですか」

「かまわないよ。機内でぐっすり眠れたから、今夜は一晩中君に付き合えるぐらい元気だ」

後半の言葉は七彩にだけ聞こえるように耳元で囁かれる。

「……っ！」

耳朶に熱い息が触れて擽ったさに思わず首を竦めると、充がからかうようにクスクスと笑いを漏らした。

「行こう。お土産もたくさんあるけど、それはあとでのお楽しみだ」

あまりにも充の機嫌が良くて、早く言わなければいけないとわかっているのに結局なにも伝えられないまま車に乗りこむことになってしまった。

まあ誰が聞いているかもわからないところで事情を説明するのは難しいし、車の中ならゆっくり話ができるだろうと自分を慰めたけれど、実際にはハンドルを握っている充を動揺させてしまうのではないかと、余計話ができなくなってしまった。

「俺がいない間はどうしてたの？」

そう尋ねられても、毎晩オンラインですべてを話していたので特に目新しいことはない。このタイミングでネット記事のことを伝えればいいのに、当たり障りない返事をしてしまう。

「えーっと……丈琉先生とご飯食べたり、家でアニメ見たりぐらいでいつも通りでしたよ」

「そうか。ああ、先に夕食にしようと思っているけど、なにか食べたいものある？」

「そうですね。それなら」

お寿司なんてどうですか？　きっと和食が食べたいだろうとそう口にしようとした瞬間、頭に丈琉の顔が思い浮かぶ。ふたりで高級寿司店から出てくる写真を撮られたばかりなのに、充を寿司に誘うなんて無神経すぎるだろう。

「七彩？」

「ええと、それなら……あ！　おそばの懐石なんてどうですか？　以前クライアントさんとの会食で行ったお店が恵比寿《えびす》にあって、あっさりしていて疲れた胃にも優しいと思いますよ。私、電話してみましょうか？」

七彩は慌ててそう口にするとバッグの中からスマホを取り出す。しかし検索しようとする手を充が止めた。

「電話しなくてもいいよ」

「あ、ごめんなさい。他のものがよかったですか？」

「違うんだ。実は今夜はふたりでゆっくりしようと思ってホテルを予約してるんだ」

「そうなんですか？」

昨日の夜はそんなことを一言も言っていなかったが、サプライズのつもりだろうか。ゆっくりしたいのなら自宅の方がいいと思ってしまうのは、庶民とセレブの考え方の違いだろう。

七彩がそう自分を納得させていると車は都内のラグジュアリーホテルの車寄せに停められた。

「松坂様、ようこそお越しくださいました」

すぐにドアマンが駆け寄ってきて助手席のドアを開けてくれ、あとから降りてきた充から車の鍵を受け取った。

「お預かりいたします」

　ホテルのスタッフが駐車場への出し入れをしてくれるバレーサービスで、七彩も結婚当初はこんなサービスがあるのだと驚いた。まだ自分がそのサービスを受けることには慣れないが、充の同伴であちこち出掛けるうちに、充がこういうクラスの人たちの一員なのだと実感させられた。

「おいで」

　いつものようにエスコートされホテルのロビーに足を踏み入れる。

　ロビーにはチェックインの時間帯ということもありたくさんの人がいて、七彩は無意識に顔を伏せた。ネットの記事を見て自分のことを知っている人がいるのではないかと不安になったのだ。

　普通ならそのままフロントでチェックインをするのだが、充はそこには立ち寄らずエレベーターに乗りこんでしまった。

　先に食事をするのだろうかと思っているとエレベーターが停まったのは客室があるフロアで、扉の向こうでは制服姿の男性がふたりを出迎えた。

「松坂様、お待ちしておりました。ご案内いたします」

　その言葉に頷いた充が七彩の背中を押した。

案内されたのは前回オーベルジュに泊まったときよりもさらに広い客室で、七彩がキョロキョロと部屋の様子を見回しているうちに充がチェックインを済ませていた。

あとで聞いたところによるとここはエグゼクティブフロアと呼ばれる、あるクラス以上の客室の利用者専用となっているそうで、チェックインやチェックアウト、荷物の発送など専用の受付があり一般客と一緒になることがない。

充のように部屋でチェックインを済ませることができるし、専用のラウンジが無料で利用できたりなど特別なサービスもたくさんあるそうだ。

もちろん七彩はそんなサービスを受けるのは初めてだが、充には当然のことらしく手際よく手続きを終えた。

「お食事はどうなさいますか？　ご希望があればご予約を承りますが」

充は七彩をチラリと見てから言った。

「妻と相談するよ。ありがとう」

「ではなにかございましたらご連絡ください」

サービスの男性は深々と頭を下げて部屋を出て行った。

充に話をするなら今だ。七彩はテーブルの上のメニューブックを覗き込む充のそばに近づいた。

「やっぱり和食か。ここは懐石料理の店と寿司屋が入ってるんだけど、七彩はどっちがいい？　寿司ならルームサービスもできるはずだけど」

充にいつもの優しい眼差しで見上げられ、七彩はこれ以上黙っているのが苦しくて思いきって充の隣に座った。

「充さん、お話があるんです！」

珍しく大きな声を出したからか充が目を丸くする。

「どうした？」

「充さんがいない間に色々大変なことが起きてしまって……今日も会ったらすぐに説明しようと思っていたのに、うまく言い出せなくて、ごめんなさい」

七彩が頭を下げると、充の顔が驚きから困惑に変わる。

「先に言っておくと、私と丈琉先生の間にはなにもやましいことはありません。全部誤解なんです！」

「ちょっと待ってくれ。なにがあったのか最初から説明してくれないか」

確かにいきなりそんなことを言われても意味がわからないだろう。七彩は深呼吸をして気持ちを落ち着けると、順を追って説明を始めた。

丈琉と事務所行きつけの寿司屋に行ったこと、ホテルで行われた交流会に付き合ったお礼にラウンジで限定パフェをご馳走になったこと、そしてその様子をあたかも不倫しているかのようにネットで記事にされてしまったこと。

充は七彩の説明に黙って耳を傾けていたが、すべてを話し終わると深い溜息を漏らした。きっと呆れているか、自分がいない間に問題を起こしたことに怒っているのだろう。

「ごめんなさい」

七彩はもう一度言った。

せっかく充と本当の夫婦としてやっていこうと心を決めたばかりなのに、これでは充から離婚を言い渡されても文句は言えない。しかし丈琉と浮気をしたと誤解されたままで終わるのだけは嫌だった。

ここからは充の決断を待つしかない。七彩は両の手をギュッと握りしめて俯いた。

「実は今朝シドニーを発《た》つときに秘書からネット記事について知らせが来たんだ」

その予想外な返事に七彩はパッと顔をあげた。

「え？」

「記事の内容は明らかにゴシップだし、うちの広報と丈琉が対応してくれることになっているという話までは秘書が電話で報告してくれていたんだけど、途中で搭乗時間になってしまったんだ。それ以降は機内のＷｉ－Ｆｉで秘書が送ってくれるメッセージを確認していた」

つまり充は今回の騒動についても、その対処についてもすでに把握していたと言うことだろうか。でもそれなら空港で会ったときでも、車の中でもなにか言ってくれてもよかったはずだ。

どうして今まで知っていることを黙っていて、いつも通りに過ごしていたのだろう。

「多分先日俺が発表した企画の邪魔をしたい企業の妨害工作だろうとは思ったが、まさか君を巻き込むことになるとは思わなかった。空港で君の笑顔を見たとたん、君はゴシップ記事のことなんかなにも知らないんじゃないかって一瞬期待したよ」

「じゃあわざと話題にしなかったんですか？」

「まあタイミングかな。せっかくの妻との再会をくだらないことで台無しにされたくなかったのもあるけどね」

充は膝の上で握られていた七彩の手を引き寄せると指先に口付けた。

「会いたかった」

「私もです」

手を引かれて胸の中に引き寄せられる。背中に回された手の力強さに安堵しながら七彩は広い胸に頬を押しつけた。

充がすべて知っていて心配までしてくれていたのなら、もっと早く彼に話をするべきだったのだ。七彩は朝からの不安がすべて払拭された気がしてホウッと溜息を漏らした。

「充さんが怒ってなくてよかったです。もし怒って離婚するって言われたらどうしようかと思ってて」

あんなに心配していたのが嘘みたいだ。こんなにも自分を大事にしてくれている充を信じなかったなんて自分はどうかしている。

一度でも充の気持ちを疑った自分を反省したときだった。

「怒ってないはずないだろ」

ぼそりと聞こえた充の低い声に、七彩はなにを言われたかわからず充の腕の中で頭をもたげた。

「え？」

いつもとは違う冷ややかさをたたえた眼差しが飛び込んできてドキリとする。充が七彩に向ける眼差しはいつだって優しくて、こんな仄暗《ほのぐら》さをたたえていたことはない。

「君がそんなことをする女性じゃないとしても、たとえ相手が丈琉だったとしても、妻が他の男と密会をしていると言われて怒らない男はいない。もしいるとしたら、それは妻を愛していないからだ」

「充さん……」

充は本気で怒っているのだ。彼が七彩に対して怒りの態度を表すのは初めてだった。

本当なら彼にそんな心配をさせ、不快にさせてしまったことを反省しなくてはいけないのに、充が言った最後の一言で胸がいっぱいになる。

〝妻を愛している〟充は確かにそう言ってくれた。これまで〝好きだ〟と言われたことは何度かあるけれど、愛していると面と向かってはっきり言われたのは初めてだった。

「……私も」

七彩が思わずそう口にすると、意味がわからなかったのか充が訝《いぶか》しげに七彩を見つめた。

「私も充さんを愛してます」

そうはっきり口にすると、充が小さく息を飲む気配がした。

今の話の流れから〝愛している〟と言われて、会話に脈絡がなさすぎて驚いているのだろう。

「七彩、俺はすごく怒ってるんだ」

充は厳《いか》めしい顔つきを作って七彩を見つめる。でも一度充の気持ちに気づいてしまった七彩にはその言葉も、声音も、表情も、すべてが愛おしくてたまらなかった。

その証拠に七彩を抱きしめる手は、言葉とは真逆に温かく優しかった。

「はい。わかってます」

七彩の返事に充の声にさらに焦りが混じる。

「じゃあどうしてそんなに嬉しそうなんだ」

「だって、私のこと愛しているから怒ってくれてるんでしょ？　それなら全然怒られてもいいです」

七彩の言葉は予想外だったのだろう。充は突然知らない国の言葉でも聞いたかのように目を見張り、それから深く息を吐き出した。

「まったく……君は俺の気分をよくする天才だな」

充が纏っていた空気が緩むのを感じて、七彩は充を見上げて微笑んだ。充がゆっくりと頭を下げて、七彩の唇にそっと口付ける。優しく下唇を吸い上げ、啄《ついば》むように軽いキスが何度もくり返され、唇でじゃれ合っているみたいだ。

「んん……っ……」

軽いキスは好きだが、充の体温に包まれていると次第にそれが物足りなくなっている。もっとちゃんとキスをして欲しいと言ってもいいだろうか。

七彩が潤んだ目で見上げると、充はなぜか眉を寄せた。

「そんな可愛い顔をして、もしかして俺の機嫌をとろうとしてる？　でも今日は簡単に許すつもりはないからね」

充はそう言うと七彩から離れ立ちあがり、奥の部屋からバスローブを手に戻ってきた。

「……お風呂入るんですか？　だったらルームサービスを頼んでおきましょうか。和食でしたよね」

テーブルのメニューブックを手に取ろうとしていた七彩の手を充が摑む。なにをされているか理解する前に両手を後ろに回され、バスローブの紐《ひも》で拘束されてしまう。

「み、充さん⁉」

「俺以外の男と噂になった奥様にはお仕置きをしないとね」

「……っ」

〝お仕置き〟という不穏な単語に不安が押し寄せる。そもそも充はいつも優しく七彩の前で不機嫌になることなどなかったから、さっきのように怒るのだって初めて見たのだ。

しかし今〝お仕置き〟と口にした充の唇に浮かんだ笑みは嗜虐《しぎゃく》的で、彼には悪いけれど少し怖い。なんだか知らない男性みたいだった。

「充さん、やっぱり怒ってるんですね。ごめんなさい。ちゃんと反省するから、これ取ってください」

充のことだから七彩をちょっと怖がらせてすぐに解いてくれるだろうと自分でも手首を揺らす。しかし戒めは思いの外しっかりと絡みついていてびくともしない。

これはかなりまずい状況ではないかと七彩が腰を浮かせると、充の長い指がブラウスのボウタイを解いた。

「ま、待って……これはちょっと……！」

相変わらず充の顔には七彩が見たことのない表情が浮かんでいて、彼が本気で七彩にお仕置きをしようとしているとしか思えなくなってくる。

その間にもブラウスのボタンが外され、開いた前身頃から下着が露わになった。

「や、ダメ……」

「お仕置きだからね。嫌なこともしないと」

今度は充の手がロングのタイトスカートにかかり、ファスナーを引き下ろす。そのままスカートと一緒にストッキングまで引き下ろされ、下肢を隠すものはショーツ一枚になってしまう。

「いや……こんなの、恥ずかしいです……」

太股をすりあわせてなんとか充の視線から素肌を隠したいけれど、それはなんの役にも立たなかった。

ソファーの端にはしたない格好で座る七彩を、充が楽しげに見下ろす。

「やっぱり俺の奥さんはどんな格好でも魅力的だ」

充がゆっくりと自分のネクタイを解くのを見て、こんなときなのになぜか某同人誌に同じようなシチュエーションがあったことを思いだしてしまう。マンガではそのまま外したネクタイで目隠しをされるのだ。

「お願い、充さん。解いてください」

七彩が必死で首を横に振る前で、充がネクタイを手に七彩の背後に回る。

「ほら、大人しくして」

必死で頭を振ったけれど、あっという間に目隠しをされなにも見えなくなる。背後にまだ充はいるのだろうか。

耳をそばだてて充の気配を必死で探していると、突然脇腹をつつっと充の指が撫で下ろした。

「ひぁっン！」

突然の刺激に声が漏れ、七彩は後ろ手のまま身を捩《よじ》る。すると今度はショーツの上から下腹を撫でられ、七彩は腰を跳ね上げた。

「んっ！　や、やめて」

擽ったいぐらいの力でしか触れられていないのに、なぜか身体にピリピリと刺激が走っておかしな反応をしてしまう。

「そんなに暴れたらソファーから落ちるよ」

充の声が聞こえて、次の瞬間身体が傾いて浮き上がる。充に抱きあげられたのだと気づいたときにはゆさゆさと揺られながらどこかへ運ばれていた。

すぐにそこはベッドルームだと気づく。身体がスプリングに沈みこむのを感じたからだ。

一瞬このまま立ちあがって逃げ出そうとも考えたが、ベッドの広さも自分がどの辺りに下ろされたかもわからず、下に落ちるかもしれないと想像したら不安で動くことはできなかった。

「いい子だ。君に怪我《けが》をさせたいわけじゃないんだ」

耳元で充の声が聞こえて、身体が引っぱられてどこかにもたれるように座らされる。背中に感じる柔らかさで大きな枕に寄りかからされたのだろうと見当をつけた。しかも安定しているからさらに後ろには壁があるのだろう。

　ベッドから落ちないよう安全なところに座らせてくれるし、充が乱暴にするつもりがないのはわかっている。ただこうして拘束されているのが不安なだけだ。せめて目隠しだけでも取ってもらいたい。

「充さん……？」

　七彩が恐る恐る声をかけると、思ったよりも近くで充の声がした。

「なに？」

　声の位置は七彩の前方で聞こえて、顔を覗き込まれているような距離の近さを感じる。

「あの、目隠し取ってください」

「どうして？」

　なぜそんなくだらないことを聞くのだとでも言いたげな返事に、七彩は充の意思の固さを感じた。これは小手先の言葉で簡単に考えを変えてくれるような雰囲気ではない。それでも七彩はわずかな光、藁《わら》にすがるしかない。

「み、充さんの顔が見たいから……」

　するとしばらくの沈黙があったのち、空気が動く。充が笑ったのかもしれないが、目隠しのせいで気配が変わったことしかわからなかった。

「殊勝なことを言ってくれるね」

その声音は嬉しそうで一瞬七彩は期待したが、それはすぐに覆される。

「でもダメだよ。お仕置きはこれからなんだから」

両足首に触れられ無意識にジタバタと足を動かすが、無理矢理足を開かされその間に充の身体が収まる気配がした。

わずかに充の体温を感じた瞬間、露わになっていたブラが押し上げられる。ふるりと胸の膨らみが重力に従うのを感じたが、すぐに大きな手でその膨らみを押し上げるように鷲づかみにされてしまう。

「きゃっン！」

ふたつの膨らみを大きな手が形を確かめるように何度も揉《も》みほぐす。

「や、ん、あ……っ」

目隠しをされているせいなのか身体が敏感になっていて、少しの刺激でもビクビクと身体が跳ねてしまう。充は胸の柔らかさを楽しんでいて、充の指が動くたびに丸い胸がグニャグニャと形を変える様が脳裏に浮かぶ。

「七彩、まだ触ってないのに乳首が勃《た》ってる。いやだって言いながら感じてるなんて可愛いね」

「……っ」

口に出されなくても自分でもわかっていて、こんな状況だというのに充に胸を揉みしだかれるたびに胸の尖端が疼いて仕方がない。きっと早く舐めて欲しいと赤く膨らんで存在を主張しているはずだった。

「か、感じてなんて……」

認めたくなくて首を横に振ると、キュッと胸の膨らみを鷲づかみにされて、強い刺激に七彩の身体が一際大きく跳ねた。

「七彩が認めたくなるようにしてあげるよ。それに君が俺以外の男に目を向けないように、俺に夢中にさせておかないと心配だしね」

どういう意味だろう。そう思った次の瞬間、胸の尖端が生温かく濡れたものに覆われる。充が乳首を口に含んで舐めしゃぶり始めたのだ。

「ひ、ん……っ」

声が漏れそうになりとっさに唇を噛む。

別に感じていないふりをする必要などないのに、このときは拘束されたまま官能に流される放恣な様を充に見られるのは恥ずかしくてたまらなかったのだ。

視覚が奪われている分他の部分が敏感になっていて、七彩の感じやすい場所を舐め回す舌の動きや口腔の熱さ、チュパチュパと乳首を吸い上げる水音などすべてが七彩の五感を掻《か》き立《た》てる。

「ん、ふ……はぁ……っ……」

快感を逃がすために大きく口を開けて荒い呼吸をくり返す。無意識に腰をくねらせて身体を枕やシーツに擦りつけてしまう。

足の間がジンジン痺れてもどかしくて泣きたくなる。まるでそんな七彩の心を見透かしたように充が囁く。

「七彩、いつもより感じてるだろ。気持ちがいいって言ってごらん。そうしたらもっと気持ちよくなれる」

「はぁ……ん……」

熱っぽい吐息を漏らしながらそれでも首を横に振ると、胸を揉みしだいていた充の手が素肌を滑り落ちて、長い指が七彩の腰に触れた。

「うちの奥さんは意地っ張りだな。それなら確かめてみよう」

充は言葉と共に七彩の下肢を隠していた小さな布きれを引きずり下ろしてしまう。足の付け根の濡れた場所を見られたくなくて足を閉じようとしたけれど、充の身体に阻まれて身動きがとれなかった。

それどころか七彩の細腰を抱えて引き寄せると、足を開いたままの七彩の身体を自分の膝の上に乗せてしまう。

身体が折り曲げられる体勢が苦しいのと、今自分がどんな格好をしているのかを想像したら羞恥のあまり泣きたくなった。

「七彩、いつもより濡れてるよ。もしかして縛られるのが好きなのかな？」

長い指が濡れた割れ目に這《は》わされるなんともいえない感触に七彩はブルリと身体を震わせた。

「いやぁ……っ」

充の指がヌルヌルと動くのは七彩の身体から染み出た蜜のせいだとわかっているけれど、それをこんなふうに指摘されるのは耐えられない。しかも指はときおり蜜孔の入口にグッと押し当てられ、浅いところを擽る。ちょっと力を込めればあっという間に指を飲み込んでしまいそうなほど潤んでしまっていた。

いっそ奥まで指を突き立てられた方がこのもどかしさも解消できるのに、充は七彩が身悶えるのを楽しんでいるのか、クチュクチュと音を立てて花弁を掻き回す。

「んっ、や……んぅ……」

長い指が肉襞をかき分け、花芯を剝き出しにする。目に見えないがその場所が空気に晒されているのを感じてそれだけで隘路から新たな蜜が溢《あふ》れ出《だ》した。

「ん……っ」

感じやすい粒に熱い息が吹きかけられ、その刺激に七彩の背中をなんとも言えない愉悦が駆け抜ける。充が目隠しの向こうでなにをしようとしているのかに気づき、無駄な抵抗だとわかっていてもシーツを蹴って後ろに逃げようと暴れた。

「や、それは……いや……」

こんなに敏感になっているときに秘処を口で愛撫されたら感じすぎておかしくなってしまう。初めてイッたときも充に口で愛撫されて上りつめてしまったのだ。

しかし腰を抱え上げられていた七彩の足は空を掻き、さらに細腰を引き寄せられて逃げ出すことはできなかった。

「や、充さ……おねが、い……」

「大人しくして。お仕置きだって言っただろ」

「こんなのお仕置きじゃない、です」

縛られた腕がそろそろ限界だ。バスローブの紐だからすりむいたり皮膚が切れたりといったことはないが、これだけ長く自重がかかっているとさすがに痺れて感覚がなくなってくる。

「さっきも言っただろ？　君の興味を俺だけに惹きつけたいって。それなら身体も俺なしでいられないぐらい可愛がらないと」

「縛られたり、目隠しされたりしなくても私はちゃんと充さんのそばにいます。だから」

そこまで言ったとき唇が塞がれ言葉が遮られる。目が見えなくてもそれが充の唇だとすぐ理解したが、そのキスはいつもより乱暴で唇を貪るという表現がピッタリだった。

「んぅ、む……んぅ……」

なんとか鼻で息をしようとするけれどキスが激しすぎて呼吸困難になりかける。彼の中にこんな激しいキスをしたり、七彩を拘束するような偏執的な部分があるなんて信じられなかった。

後ろ手に縛られ、目隠しをされたまま足を開かされ、しかもほとんど裸の状態で夫に唇を貪られる。そんな刺激的な自分の姿を想像しただけで頭がおかしくなってしまいそうな気がした。

「ん、はぁ……ッ……」

クチュンと音を立てながら吸い上げられていた舌が解放される。充の唇が離れた瞬間七彩は喘ぎながら息を吸い込んだ。

「はぁ……はぁ……」

するといきなり両目を覆っていた布が肌を滑って目の前が明るくなる。明るいといっても部屋の中はベッドのそばにある小さなルームライトの光だけで、相対的には暗い。

しかしずっと視界が奪われていたせいで薄暗いライトでも眩しくて、七彩は目を眇《すが》めながら辺りを見回してから目の前の充に視線を止めた。

「充、さん……」

名前を呼んだつもりだが息が上がっているからか自分でも驚くほど掠れている。しかも酸欠なのか頭がぼんやりしていて、しばらく自分がどんな状況になっているのか理解できず呆然としてしまう。

するとと充が七彩の視界を覆うように顔を近づけてきた。それはまるで自分以外は視界に入れるなとでも言いたげな、彼にしては強引な仕草に見えた。

「泣いてたの？　目が真っ赤になってる」

恥ずかしいことばかりされて泣いていたかもしれないが、滴はネクタイに吸い込まれていてわずかに赤くなった眦《まなじり》以外七彩が泣いていた痕跡はない。それなのに充は目敏《めざと》く薄暗がりでそれを見つけたらしい。

「ね……腕も、とって。だって逃げるわけじゃない、し」

丈琉とのことを記事にされたのは反省するが、縛られたり目隠しされたりするほどのことをしたとは思えない。しかし充は七彩の訴えを一蹴するように首を横に振った。

「まだだよ。七彩に自分がお仕置きされているところをちゃんと見てもらわないと。君は俺のものだって忘れないで」

「……っ」

充は七彩をジッと見つめると、視線を合わせたままゆっくりと下肢に唇を寄せた。

「やぁ……ん！」

愛蜜でてらてらといやらしく光る花弁に、充の赤い舌が這わされる。下から上へ舐めあげられるぬるりとした刺激に七彩の腰がビクリと跳ねた。

濡れ襞はすっかり敏感になっていて舌のざらりとした感触まで感じ取ってしまい、甘い快感に足に力が入ってしまい自然と腰が浮き上がる。

「あ、あぁ……や、ん……はぁ……」

舌が一番感じてしまう肉粒に触れる。ほんの少し舌先で突かれただけでも電流が走ったかのような刺激を感じてしまうのに、目の前で充が淫唇に舌を這わせ肉粒にしゃぶりつく様子を見せられ、羞恥で血が上り頭がガンガンしてくる。

せっかくネクタイを外してもらったのに、自分の痴態を目にするのは恥ずかしすぎて、もう一度目隠しをして欲しくなった。

「あっ、あ、やぁ……ッ‼」

腰を何度も震わせ、太股が充の身体にギュッと押しつけられる。そのままビクビクと下肢を震わせ、七彩は充の思惑通り簡単に達してしまった。

「はぁ……はぁ……」

七彩の足の間から顔をあげた充は愛蜜まみれになった唇を片手で拭い、それでも残った蜜を赤い舌でペロリと舐めた。

いつもの七彩ならその色っぽい仕草にドキドキしてしまうところだが、頭の中が芯からボウッとしていて、もう言葉が出てこない。

「おいで」

充が七彩の腰に手をかける。ぐったりとして力の入らない身体を抱き起こし、向かい合うように自分の上に跨《また》がらせた。

腕はまだ縛られたままだから身体のバランスを取りにくい。充が支えてくれなければ、そのままふらふらして倒れてしまいそうだ。

そんな七彩の前で、充が雄竿を蜜口にグリグリと押しつけてくる。膣孔からはトロトロと愛蜜が垂れていて、充が少し力を入れれば簡単に雄を飲み込んでしまいそうだ。

「このまま挿れたら七彩はどんなふうになるのかな」

ひとりごとにも聞こえる呟きと共に丸みのある雄の尖端で突かれ、七彩は欲望に忠実に反応してしまう身体が恥ずかしくてたまらなかった。

「いや、こんなの……」

そう口にしたとたん、ポロポロ、ポロポロ、次から次へと涙が溢れてきてどうしていいのかわからない。

「七彩？」

「……充さんが怒るのは仕方ないけど……充さんと、ちゃんと抱き合いたい、のに……」

お仕置きと称して無理矢理身体を開かされ、七彩の意思に関係なく抱かれるなんて嫌だ。

こんなにも充のことが好きなのに、彼はどうして信じてくれないのだろう。

それに充が身体を拘束するような倒錯的な行為をすると思わなかったし、これが彼の本質にあるものだったとしたら、自分以外の女性と付き合っていたときはどうだったのか気になってしまう。

嫉妬されるのは嬉しいけれど、充が他の女性にも同じ行為をしていたのだと思ったらそれは許せない。

「私以外の人にも……こんなことしたんですか？」

思わずそう口にすると、充の表情が揺れて我に返ったかのように目が見ひらかれる。そういえば、クルーザーの上でキスをされたときも彼に似た質問をした。

あのとき充は家族以外でクルーザーに乗せた女性はいないし、こうやって船の上でキスした女性は七彩ひとりきりだと言ってくれた。

「私は……充さんにならなにをされても耐えられます。だからこういうことをするのは私だけにしてください」

正直いつもこんなふうに抱かれるのは遠慮したいが、充が七彩にだけ見せる妬心がそうさせるというのなら耐えられる。七彩を愛しているから嫉妬してしまうのだと言って欲しいのかもしれなかった。

「充さん、愛してます。私を充さんの本当の奥さんにしてください」

七彩の一言にずっと薄い膜でもかかっていたかのように遠かった充の瞳が、一瞬明るくなる。目の前の女性が誰なのかたった今気づいたように七彩の顔や身体にひとつひとつ視線を当てて、確認をしているみたいだ。

やがてなにが起きたのかわからない七彩の目の前で、充は深い溜息をついて目を閉じ、七彩の肩口に顔を埋めた。

「はぁっ」

「充さ、ん……？」

「ほんとに君って人は……」

充は諦めたように呟き、七彩を抱きしめるようにして背中に手を回すと手首の戒めを解く。不思議なことにあれほど固く結ばれて自分では解くことができなかった拘束が、充の手にかかればあっという間に解けてしまった。

充は肩や腕にまとわりついていたブラウスと下着を脱がせると、両手を引き寄せて手首に唇を押しつけた。腕はうっすらとバスローブの跡が残りジンジンと痺れていて唇の感触もわからないほどだったが、充の唇の熱さだけは伝わってきた。

「ごめん。痛かっただろ」

「大丈夫です。私、頑丈なんですよ」

笑顔を作って見せたけれど、充は手を伸ばして七彩の眦に触れる。自分では見えないけれど、赤くなっていると充が心配していた場所だ。

「悪かった。ちょっと虐めるつもりが、君の反応があまりにも可愛すぎてやりすぎたみたいだ。君のことを信じると言いながら、それでも俺がいない間に君の気持ちが少しは他の男に傾いたんじゃないかって心配になった。子どもみたいだな」

自嘲気味に目を伏せる充は、なんだか本当に小さな子どもに見える。

「もう二度としないと約束する。だから……嫌わないで欲しい」

「充さんのこと嫌いになったりしません。私、一度決めた推しはどんなことがあっても推し続けるって決めてるので」

「……推し、か。七彩らしいな」

「ふふっ」

この部屋に来て初めてふたりの間から笑い声が漏れた。

「七彩」

充が背中を支えていた手を滑らせ、さするように上下させる。それは先ほどまで七彩を不安にさせていた手とは違うものだった。

「続きをしてもいい？　一週間以上君を抱けなかったから、今夜は何度でも君を味わいたい気分なんだ」

それは七彩も同じだ。こんな流れにならなかったら自分から早く抱いて欲しいとねだっていたのではないかと思うほど、離れている間充に会いたくて仕方がなかったのだから。

「もちろんです。私もこうやって……充さんを感じたかったです」

七彩は両腕を広げると充の身体を抱きしめた。七彩の華奢な腕では充のすべてを抱くことはできないけれど、こうして抱きしめていれば彼に気持ちは伝わるはずだ。

「……七彩」

吐息交じりで名前を呼んだ充が、再び七彩の腰に手をかける。七彩は充の両肩に手を置き腰を浮かせると、今度は自らそれに協力した。

そそり立った雄芯にはいつの間にか避妊具がつけられていて、こんなときでも充は七彩の身体のことをちゃんと考えてくれているのだと今さらながら嬉しくなる。

「あ……」

蜜孔はまだたっぷりと蜜をたたえていて、硬く滾った雄とヌルヌルと擦れ合う。

「そのまま腰を落とすんだ」

「ん……」

七彩は素直に頷くと自分からそそり立つ肉棒に向かって腰を下ろした。

この体位は最初から充を深く受け入れてしまうから不安もあるのだが、今日は充がしたいようにさせてあげたいと思ったのだ。

尖端の出っ張りがぬるんと蜜孔の入口に侵入する。そのまま狭い膣洞を一直線に貫こうとする圧迫感に七彩は熱っぽい溜息を漏らした。

「あ、はぁ……ン……」

これ以上深くなるのが怖いという気持ちと、早く雄竿で最奥を突き上げて欲しいという真逆の気持ちがせめぎ合って、そんな淫らな自分にさらに身体が敏感になっていく。

「ン……はぁ……」

充は先ほどまでの強引さはどこにいったのか焦《じ》れったくなるような七彩の腰つきに付き合ってくれている。

「あ、ふか、い……」

七彩がなんとか充を胎内に収め苦しげに呟く。すると充が頑張ったご褒美のように七彩の白い身体を抱きしめた。

「はぁっ」

縛られていたときはこうして充に触れることができなかったから、改めて充との距離の近さを実感できて嬉しい。

「ん……充さん、好き」

ポロリと零《こぼ》れた言葉に七彩を抱く充の腕に力がこもる。

「ごめん。限界だから少し動くよ」

少しだけ顔をあげて頷くと、充が七彩の腰に手をかけ深く繋がったまま蜜孔を広げるようにして腰を押し回した。

「ひぁ……ッン！」

隘路を引き伸ばすような動きに、あられもない声が漏れる。思わず腰を浮かしかけたけれど、両手でしっかりと押さえ込まれた身体はびくともせず、さらに突き上げるように雄芯を押し回されてしまう。

「あっ……あぁっ……ん……」

単純な動きなのに深いところまで届いているせいかグリグリと最奥まで押し上げられて、目の前にチカチカと小さな星が瞬く。

強い快感のあまり無意識に膝を立てて快感を逃がそうとしたが、充が膝裏に手を回し七彩の足を持ち上げ自分の身体の方に引き寄せてしまう。

つま先がシーツから離れて、自分の体重を支えることができなくなった七彩は快感のすべてを充に委ねることになってしまった。

「や、待って……」

不安定な身体をわずかに揺らすだけでもお腹の奥がグリグリと刺激されるのがわかる。助けを求めるように充を見つめたけれど、彼は七彩の足を離そうとはしない。

「大丈夫。痛いことなんてしない。さっき怖がらせた分も気持ちよくするだけだ」

充は不安で潤み始めた七彩の瞳を覗き込んで笑うと、身体を抱え上げゆさゆさと揺すり上げては突き上げるという行為を始めた。

もともと感じやすくなっていた胎内を突き上げられて、すぐに快感でなにも考えられなくなる。抱え上げられて揺さぶられるのは少し不安定で怖い。七彩は腕を伸ばして充の首にしがみつく。

「やっ、あっ、あ、ン……だめ……ぇ……ん!」

リズミカルに突き上げられて、七彩の唇からも止めどなく甘い声が漏れる。深いところばかり突き上げられて、快感のあまり涙が滲んできてしまう。

充が揺すり上げるたびにふたりの間からクチュクチュと卑猥な水音が聞こえてくるのも恥ずかしくてたまらなかった。

「や、も、いや……」

こんなに感じさせられるのは辛い。充にしがみついてそう訴えると、充は笑いを含んだ声で言った。

「イヤなのにどうして自分で腰を振ってるの?」

そう指摘されて初めて、七彩は自分から雄竿を擦りつけるように腰を動かしていることに気づいた。

恥ずかしいけれど無意識に快感に貪欲になっていて、勝手に身体が動いてしまうほど充との行為に夢中になっていたらしかった。

「あ、あぁ……っ」

自分が淫らな欲望に溺れていることに気づいたとたんさらに身体が敏感になっていた。

「七彩、もっと気持ちよくなって」

充は快感と羞恥に震える七彩の身体を抱えて、繋がったままそっとシーツに下ろす。そして両足を抱えたまま、今度は大きな動きで抽挿を始めた。

「あぁ……っ」

雄芯が蜜口まで引き抜かれて勢いよく押し戻される。そのたびにお腹の奥で小さな熱が爆《は》ぜて、やがてそれが大きくなっていく。

またいつものあの昂ぶりが七彩の身体を支配しようとしている。何度経験してもこの感覚は慣れることがなくて、七彩はこうして高みに押し上げられることが不安でたまらなかった。

「は、ん、ぅ……あっ……ん、んっ……」

「七彩、好きだ……愛してる……」

耳元で囁く声は上擦っていて、充も限界に近いのを感じた。

「あ、あ、イク、も……イッちゃう……！」

グチュグチュとふたりの敏感な場所が擦れ合い、淫らに溶け合う。七彩は頭の芯まで痺れてしまう快感に身を委ねた。

「ああっ」

七彩の愉悦の昂ぶりが限界を迎え、雄芯に突き回されていた身体が大きく震える。七彩の膣壁が一際大きく収斂して、充の肉棒に絡みつく。

まるで雄芯を逃がさないようにうねる膣洞に、充も小さくうめき声をあげた。

「くっ……！」

次の瞬間七彩の上に充がのしかかってきて、快感に震える七彩の身体を掻《か》き抱《いだ》いた。あまりにもギュッと抱きしめてくるから快感も相まって息ができないほどだ。

「あ、ん……んぅ……」

七彩に覆い被さった充の背中がビクンビクンと震える。充も上りつめたことを知り七彩は彼を満足させることができたのが嬉しくて、その震える背中を抱きしめた。

縛られたり目隠しをされたりしたからだとは思いたくないが、今日は今までにないぐらい感情も身体も昂ぶって感じてしまった。

充は七彩を気持ちよくさせたいと言ってくれたが、これ以上充にそんなことをされたら一日中ベッドから出たくないと考えてしまいそうだ。それぐらい充との行為はいつも新鮮で、気持ちよくなってしまうのだ。

こんなにも強い快感を味わってしまうと、これから普通の行為では満足できなくなってしまいそうで怖い。やはり充にはほどほどにしてもらわないと身体が保たない。

七彩を抱きしめたまま少しずつ身体の力を抜いていく充の身体に押し潰されないように

しながら、充の行為をどこまで許容すべきか真剣に悩み始めていた。

充の裸の胸に頭を乗せ、七彩は気を抜けばうとうとしそうになる意識をなんとか保とうとしていた。もちろんこのまま眠ってしまっても充は怒らないが、せっかくお互いの気持ちを伝え合えたこの時間をもう少しだけ味わっていたかった。

しかし充の手で髪を梳かれるたびに睡魔が手招きをするので、こうして堪えているのも時間の問題といったところだ。

「七彩、まだ……起きてる？」

その言葉に七彩はわずかに頭をあげて充の顔を見上げた。

「起きてますよ」

「あのさ、俺今まで気づかなかったけど、好きな人はとことん束縛したいタイプみたいだ」

充の言葉に七彩は肘を突いて本格的に身体を起こした。

「どうしたんですか、突然」

「多分……今までちゃんと女性を好きになったことがなかったから、それに気づかなかったんだと思う。俺は好きになった相手のことをとことん束縛したいみたいだ。でもそれをしたら七彩に引かれると思って我慢していたんだけど、丈琉とのことを知ったらどうにもそれを我慢できなくなった。こんなふうに衝動的になるのは初めてで自分でも驚いてる」

「丈琉先生とは本当になにもなかったんですよ？　失礼かも知れませんが丈琉先生に男性としては興味ないっていうか」

「いいね。あいつに今の言葉を聞かせてやりたいな」

そう言って笑った充はもう七彩が知っているいつもの充だった。

今夜七彩の自由を奪っていつもと違う言葉を口にした充も彼の一部なのだろう。でもできれば怖いのであまり顔を出して欲しくない一面でもあった。

「さっきも言いましたけど、私好きなものはとことん推すので、充さんの束縛したい云々ってやつはお互い様の気がするんですよね。今日みたいに縛られたりするのはちょっと怖いですけど」

「もう絶対にしないから。約束する」

「はい。でも、充さんがどうしても不安になったら言ってください。私のことが好きで、私の気持ちを確かめたくてすることなら我慢しますから」

充に罪悪感を与えたくない。すでに七彩は充を許していたし、あのちょっと危険な行為も脳内では推しの嫉妬する気持ちの表現方法として萌《も》えに分類されている。

「七彩、それは……たまには縛って欲しいって言っているように聞こえるけど」

「そ、そんなこと言ってません！」

「七彩がそんなに期待しているなら、俺もそっちの勉強をした方がいいかな。言っただろ、君の趣味はちゃんと受け入れるって。奥様の楽しみは俺の楽しみだからね」

話がおかしな方向に向かっている。

「……充さん、もしかして面白がってるでしょ」

「どうして？　これからの長い人生お互いの趣味嗜好《しこう》に興味を持つのは当然だろ」

「もう、知りません！」

七彩はプイッと顔を背けると、充に背を向けて横になる。

「七彩、そんなに怒らないで」

すぐに背後から手が伸びてきて、抱きしめられる。背中が充の胸に押しつけられてその体温が心地いい。いつの間にか充の腕の中が一番心地いい場所になってしまっていた。

七彩はふと思いついて、もう一度顔をあげて充を見上げた。

「あの……もう試用期間っていう契約書、破棄してもかまいませんよね？」

すっかり充とは気持ちを確認し合ったし、こうして何度も身体を重ねて本当の夫婦として歩き出しているのに今さらだが、七彩の中で契約書の存在がずっと引っかかっていたのだ。

仕事柄そういうことはきっちりしておきたいというのもあるが、充とは永遠の愛を誓い合う夫婦としての契約だけが欲しかった。

「俺はかまわないけど、七彩はもう俺に口説かれたくないの？」

「それはもう……十分というか」

それに充はそんな約束がなくても、十分七彩を大切にして愛してくれると肌で感じていた。

「それより、早くちゃんと充さんの奥さんとして色々してあげたいんです。だから、部屋に帰ったら契約書は処分してもいいですよね？」

「もちろん、君が望むなら俺に相違はないよ」

「よかった」

まさか断られるとは思っていなかったけれど、充が同意してくれてホッと胸を撫で下ろしもう一度充の腕に頭を下ろす。すると背後から七彩の身体を抱きしめていた腕に力がこもり、剝き出しになっていた耳殻にそっと熱い唇が押しつけられた。

「七彩、愛してる」

耳元で聞こえた囁きに、七彩は胸がいっぱいになって肩や首に回されていた太い腕をキュッと握る。

「私も、充さんのことすごく愛してます」

すると耳に押しつけられていた唇がぱっくりと耳朶を咥え込んだ。

「んっ」

擽ったさと熱く濡れた刺激に鼻を鳴らすと、太い腕が再び七彩の身体を弄《まさぐ》り始めた。

先ほどまで充の体温で心地よい眠りに落ちることができそうだったが、それは許してもらえなそうだ。

できれば少し休ませて欲しいと思っているのにそれを許してしまうのはやはり惚《ほ》れた弱みだろうか。

七彩は次第に大胆になる手に身体を委ねながら、この人とずっと一緒にいられますようにと心の中で小さく祈った。

エピローグ

ふたりの契約結婚から一年と六ヶ月。七彩は鏡に映ったウエディングドレス姿の自分を見つめていた。

場所は都内にある隠れ家的なレストランで、すでに会場には家族や親しい友人が集まっているはずだった。

レストランは元伯爵邸を改築した洋館で、控え室の少し開いた窓からは爽やかな風が吹き込んでいて、精巧な造りのレースのカーテンを揺らしている。

結婚式はこの日のために庭に設置された簡易のガーデンチャペルで執り行われ、そのままレストランで披露宴を兼ねた会食が行われることになっていた。

婚姻届を提出した際に実家の要望で撮った記念写真もあったし、七彩としてはもう充とふたりで過ごせれば今さら結婚式など必要ないと思っていたのだが、充の祖父も七彩の両親や祖母もいつ結婚式をするのだといつまでもせっつくので、身内だけでこぢんまりとした式を挙げることになったのだ。

七彩が結婚式を挙げることを了承したとたん充がこのレストランを見つけてきて、あれよあれよという間に準備が進んでしまったのだ。

毎日一緒に眠って食事をしてすでに夫婦として過ごしているし、結婚から一年半もしてから結婚式をするなんて不思議な感じだが、七彩以外のみんなが喜んでいるので気が乗らないという顔はできなかった。

しかし充はいち早くそれに気づいていて、ふたりきりのとき七彩に言った。

「君はあまり結婚式をすることに乗り気じゃないみたいだね」

「……」

「どうして？　女性はみんな結婚式に憧れるものだと思ってたけど」

充と一緒にいたくないと思っていると誤解されたくない。七彩は自分の気持ちが伝わるように気をつけて言葉を選ぶ。

「ん～充さんと結婚式を挙げたくないわけじゃないんですよ。でも結婚してから一年以上過ぎてるし、事実上も夫婦だし、今さら儀式は必要ないかなって。それに私、充さんと出会うまでは結婚しなくていいと思っていたんです。それもあって契約結婚を引き受けたので結婚式にあまり思い入れがなくて」

考えてみれば、あのときは実家から合法的に出ることができるという打算で充との契約婚を受け入れたのだ。腐女子として推しの結婚、推しの幸せを妄想しても自身の結婚など

う。

契約結婚を受け入れたのは自分の推し活にメリットがあるからで、あくまでも充は同居人だと思っていたのだ。もし充が離婚届を出していたらそのまま離婚していたと今でも思う。

それなのにいつの間にかこんなにも充を好きになっていて、かけがえのない人になっていた。

今まで対人関係で苦労してきた七彩に、二次元ではない誰かと過ごす時間が幸せなことだと気づかせてくれた充はすごい人だ。

今ならあの頃の自分の思い込みはかなり拗《こじ》らせていたとわかるが、契約婚を受けていなければ今の幸せはなかったとも思う。

結局腐女子でよかったという結論にたどり着くのだが、あの日充がエレベーターホールで衝動的に七彩に結婚を申し込んでくれなければなにも起こらなかっただろう。

「うまく言えないんですけど、お祝いしてもらえるのは嬉しいんです。でも充さんがそばにいてくれたらあとはどうでもいいかなって気持ちにもなったりして」

例えば充が松坂リゾートの社長にはならないとか、まったく別の職業を選んだとしてもかまわないと思う。ただ一緒にいたいと思える人なのだ。

「なかなかグッとくる言葉だね。それって君の推しのカイトとショウもどうでもいいってことでいいのかな」

突然出てきた推しの名前にドキリとして叫んだ。

充は七彩のことを知りたいという言葉を実行してくれ『サイキック探偵』のアニメとコミックスも全巻読破していた。しかも最近ではオンラインでのグッズ販売などにも協力してくれ、相変わらずオタクに優しいスパダリを続けてくれている。

推し活に協力的なのは助かるのだが、ときおりこうやって二次元を引き合いに出してからかってくるのが最近の困りごとでもあった。

「『サイキック探偵』は別です！　あれは二次元で充さんはリアルじゃないですか！」

いつもそう言って抗議をするのだが、充はなかなか引き下がらない。いちいちムキになる七彩を面白がっているのか、それとも七彩の一番がなんなのか推し量っているのかもしれなかった。

「じゃあカイトとショウと俺が崖にぶら下がって助けを求めていたら？」

今までになかった充の言葉に七彩は思わず噴き出してしまった。

「なんですかそれ」

あまりにも子どもっぽくてわかりやすいヤキモチに笑いが止まらない。

「『サイキック探偵』は二次元だし、カイトを助けるのはショウだけなので私には助けられません。それに私の最推しは旦那様なので、それに勝てる相手なんていませんよ」

七彩はそう言うと充の唇が緩むのを確認してから彼の身体に抱きついた。

「大好きです。充さんと結婚式をするのは嫌じゃないですから安心してください」

「うん」

「ただちょっと母や祖母がはしゃいでいるのが面倒くさいですけど」

「それはわかる。うちのお祖父様がもっと人を呼べとか地味すぎるってうるさいからね」

七彩はその言葉を聞いて恐る恐る顔をあげる。

「まさか、大きな会場に変更するなんて言わないですよね？」

「大丈夫。それだけは俺がなんとしても阻止するから。七彩が人に注目されるのが苦手なのは知ってるからね」

充の気遣いが嬉しくて、もう一度その胸に顔を押しつけた。

「ありがとうございます」

充は七彩のことを気遣ってくれたが、実は最近は充と一緒にいて人に見られることに慣れたのか、人前でもあまり気にせずに過ごせるようになった。

例の不倫騒動の記事が出たときなどさらに人目が気になってしまい外出するのも不安になったが、丈琉と鎌田の尽力で記事はすぐに取り下げられ、出版社のサイトには謝罪文も掲載された。

さらに丈琉の提案で新規事業がファミリー向けリゾートだったことから、発表イベントには大々的にマスコミを招き、そこに七彩も妻として参加することになった。

ふたりの仲睦《なかむつ》まじい姿を目にする人も多くなり、結果的に事業に参加している関係企業からの信頼を勝ち得ることになった。

イベントにはマスコミ対策として丈琉も裏方として参加してくれたのも七彩には心強かった。

「今さらだけど、本当に充と結婚を続けるってことで納得してるの？」

「え？」

もう間もなくイベントの本番が始まるというとき、丈琉が言った。

「記事にされたからマスコミ対策として色々提案してきたけど、このイベントであいつの妻として参加したら本当に離婚できなくなるよ。でも今なら引き返せる」

「おい」

少し離れた場所でパソコンの画面を見つめていた充が聞き捨てならないとばかりに声をあげた。

「おまえ、今さらなに言い出すんだ」

「最後の意思確認だ。当然のことだろ。そもそもおまえが始めた契約結婚に、七彩ちゃんは付き合ってくれていただけなんだ。今だって断りきれずに流されてここまで来ているかもしれないじゃないか」

「生憎《あいにく》だが七彩と俺は固い絆《きずな》で結ばれていて、おまえのくだらない誘導ぐらいじゃ揺るがない関係なんだ」

「だからそれがおまえの思い込みかもしれないって言ってるんだ」

「おい、いい加減にしろよ」

充が珍しくキツイ口調で言い返すと、やる気か？　とでも言いたげな顔で丈琉も充を睨みつける。まさに一触即発という雰囲気に、七彩は我慢できずに口を挟んでしまった。

「もう！　ふたりともこんなときに止めてください！　そんなに大声でやりとりしたら外に聞こえます。事情を知らない人が聞いたら、またあることないこと噂されちゃうじゃないですか！」

珍しい七彩の叱責にふたりはハッとして口を噤んだ。

付き合いが長くて気の置けない会話ができる分、お互いの意見が食い違うときは白熱してしまうものなのかもしれないが、ふたりともいい大人なのだからもう少し場所柄を考えて欲しい。

「まったく。ふたりとも大人げないですよ」

すると七彩の言葉に充が椅子から立ちあがり七彩のそばまでやってきた。

「ごめん。丈琉がくだらないことばかり言うからついカッとなったんだ。許してくれる？」

そう言いながら七彩の手を取って握りしめる。もともと本気で怒っていなかったから、七彩は充に微笑を向けた。

「もちろんです。最初から怒ってないですってば」

「よかった」

充はホッとしたように表情を緩めて七彩を見つめる。優しい眼差しに捉えられて思わずドキリとしたときだった。

「でも丈琉がこんなふうに俺や君の気持ちを疑うのは、君がきちんと丈琉に気持ちを表明していないからじゃないかな」

「……は？」

「七彩がはっきり俺を愛しているから結婚を続けるって宣言をしないからこういう誤解を生んでいるって思わない？」

まるで七彩が悪かったようにも聞こえる話の流れに、慌てて首を横に振った。

「お、思いませんっ！」

丈琉にはちゃんと結婚を続けるつもりだと話をしたし、心配をしてくれたことにもお礼を伝えてある。それに七彩には愛している云々の言葉を人前で口にするような大胆さはない。それはあくまでもふたりの間だけで大切にすればいい言葉だと思っているからだ。

するとお丈琉も寄ってきて、七彩に期待の眼差しを向けてきた。

「確かに俺も七彩ちゃんのその言葉を聞けば安心して、今後はそういう心配をしなくてもいいかもしれない」

そんなとんでもないことを言い出したので、七彩はどうしていいのかわからなくなった。

「だ、だって……そ、そんな……」

イケメンふたりに挟まれて答えを迫られるというオタク女子なら喜んでしまうシチュエーションかもしれないが、自分がその立場になると今すぐその場から逃げ出したい気持ちだった。

「七彩、丈琉に君の気持ちを教えてやってくれ」

「七彩ちゃん、本当のことを言ってもいいんだよ」

「……っ」

ふたり同時に詰め寄られて頭の中が真っ白になる。この場を取り繕う言葉など浮かんでこなくて、まるでマンガの主人公のように口を開けて声を出せずにいると、充と丈琉が顔を見合わせて噴き出した。

「か、からかったんですね⁉」

やっとそのことに気づいた七彩はふたりを睨みつけたけれど、充と丈琉は子どものように笑い転げているからそれ以上怒れなくなってしまった。

なにより笑い合うイケメンふたりは絵になると思ってしまったのだ。できればスマホに収めたいところだが、さすがにそれができずに七彩はお宝映像を必死で目に焼き付けることで我慢した。

これまでは自分の容姿がコンプレックスだったが、さらにハイスペックで容姿の整った人と一緒にいると、自分があまり注目を浴びていないことに最近気づきだした。

これからイベントに参加すると言っても注目されるのは充だし、自分は添え物だと思えば気が楽だった。これまで人目ばかり気にしていたけれど、充のおかげであまり気にしないでいいと思えるようになった。

実際は美男美女のカップルに視線が注がれているのだが、いつも充にばかり気を取られている七彩はそれに気づいておらず、世間からは美男美女のセレブカップルとして注目されることになるのを、このときの七彩は知らなかった。

そんな経緯もあり結婚式当日となったのだが、七彩は今日という日を迎えて改めて結婚式をすることにしてよかったと思った。

なにより入れ替わり立ち替わり控え室に顔を出す家族や友人の嬉しそうな笑顔を見たら、それだけで幸せになる。今日に限っては、どうしてさっさと結婚式を挙げなかったのかと後悔するほどだ。

それに結婚当初撮影のためにドレスを着たときより、今日の自分の方が綺麗だと思う。

もちろんプロの力が絶大だが、あのときとは自分の気持ちが違うからだろうか。

充と想い合って心が通じ合っている安心感がそうさせるのかもしれなかった。

「そろそろお時間です。ご準備よろしいですか？」

スタッフに声をかけられて、七彩はもう一度鏡の中の自分を見つめてから立ちあがった。

新婦の入場といえば父親にエスコートされるというのをよく見かけるが、今回はふたりで話し合って、入場から充と一緒にすることにした。

すでに一緒に暮らしているのに今さら恥ずかしかったし、家族を喜ばせる意味でもあったので、父に娘の晴れ姿を最初から最後まで見て欲しいと思ったのだ。

「新婦様ご到着です」

充とは庭へ下りるためのテラスで落ち合うことになっていて、そこにはすでに白いタキシード姿の充が立っていた。

最初衣装を選ぶとき、七彩は充のような大人の男性ならシルバーや黒っぽい落ち着いた色味がいいと思っていたのだが、こうしてその姿を見ると白いタキシード姿は王子様みたいに素敵だ。

ただ問題がひとつあって、その姿を自分で写真に収められないことだ。もちろん今日のためにプロのカメラマンと契約しているが、充推しの七彩としては、プロのカメラマンなら選ばないあらゆる角度の充も押さえておきたいところだった。

七彩がウズウズしながらその姿を見つめていると、充がパッとこちらを振り返る。

「七彩……」

充は七彩を見つめてそう呟いたきり、なぜか黙り込んでしまった。

自分では今日の自分は人生至上一番綺麗だと自惚《うぬぼ》れていたが、もしかして彼が期待していたような仕上がりではなかったのかもしれない。

「あの、似合ってなかったですか……？」

一向に口を開かない充に不安になり七彩がそう尋ねると、充がやっと我に返ったように目を見ひらき、それから小さく息を吐き出した。

「すごく……綺麗だ。あんまり綺麗だから息が止まっていたみたいだ」

「……っ！」

いきなりの殺し文句に頭にカッと血が上る。しかも介添えで付き添ってくれたメイクスタッフやレストラン従業員たちから言葉にならない小さな悲鳴が聞こえた。つまりみんなも七彩と同じぐらい充の言葉にドキドキしたのだろう。

まったくこの人はどこまで自分を好きにならせるつもりなのだろう。

もう半年前になるが、離婚をしないと言われたときは困惑したし、本当の夫婦として結婚継続を提案されたときはどうやって彼を諦めさせようかとそればかり考えていたのが不思議だ。

彼とは契約結婚と割り切っていたとしても、どうしてこんなに魅力的な人と別れたいと思っていたのだろう。

「おいで」

充に左手を差しだされて、七彩はその腕に自分の右手を絡めた。もう一方の手にはカサブランカとカラーをメインにした大ぶりのブーケが握られている。

幸せすぎて胸がいっぱいとはこういうときに使う言葉だと実感するほど身体の芯まで喜びに満ちあふれていて、七彩は笑顔で充を見上げた。

「充さんもとっても素敵です。控え室からスマホ持ってくればよかった」

「写真ならカメラマンが」

「違います！　推しの写真は自分で撮らないと！」

七彩の勢いに充が苦笑いを浮かべる。

「緊張していないみたいでよかったよ」

「緊張はしてるんですけど、それより充さんがカッコよすぎて！」

違う意味で興奮気味の七彩を見て充はその表情を和らげた。

「七彩が俺の奥さんでよかった」

「私もです。だからあとで写真撮らせてくださいね」

充は七彩の言葉に頷くと、なにを思ったのか頭を下げ七彩に顔を近づけてくる。そして

次の瞬間チュッと音を立てて唇に口付けた。

「え……あっ、お化粧がとれちゃうじゃないですか！　もうすぐ誓いのキスをするのに！」

「少し早くしたって誰も文句は言わないさ」

充はそう言うとチラリと周りを見回す。思わずその視線を追うと、すぐそばのスタッフたちが全員横を向いている。それはふたりのイチャイチャした会話やキスを見て目をそらしたとしか思えなかった。

「な、なにやってるんですか！」

思わず叫んだ七彩の唇を今度は充の指が押さえた。

「しーっ。そんなに大声を出したらさすがに外で待っているみんなに聞こえるだろ」

「……もぉっ」

「早く行こう。みんなの前でキスの続きをしたいからね」

充がスタッフに合図を送ると庭から華やかな音楽が流れ始める。

このあとは扉が開いて少し歩いたら庭の入口でふたり揃って一礼をする。それから神父の待つ祭壇までふたりで歩いて行くことになっていた。

すでに何度も確認した段取りを、もう一度頭の中で思い浮かべたときだった。

「七彩、愛してるよ」

扉が開く瞬間、不意に充が耳元で囁く。何度も囁かれた言葉なのに、突然耳元で聞こえたせいで頭の中が真っ白になった。

「……っ」

唇から漏れそうになった言葉をなんとか飲み下す。先ほどまであまり緊張せずに式を楽しんでいたのに、充のせいですべての段取りが頭の中から吹き飛んでしまった。

もし失敗してしまったらという思いが一瞬頭の中をよぎったが、こんないたずらをする余裕がある充がなんとかしてくれるだろうと思い直す。そう思えるほど七彩は充のことを信頼していた。

それに最推しのすることならどんな仕打ちでも最終的に許してしまうのが真のオタクだ。

すっかり充沼にはまったと思っていたけれど、まだまだ沼は深そうだ。七彩は充のエスコートで庭に出ると、今日が新たなオタク人生の始まりかもしれないと感じながら足を踏み出した。

【番外編】花束を君に

高校時代からの親友が結婚した。昔からお堅くて、くそ真面目で、簡単に他人に心を許さないタイプの男だった。自分とは正反対のタイプで充は絶対に仲良くなれないタイプだと思ったものだ。

充が案外話のわかる男だと思ったのは、高校二年の学園祭のときだった。

当時の丈琉は校内の女子との交際に飽きて、外部の女の子と片っ端から付き合っていた。正直大人になった今ならやんちゃすぎると当時の自分を叱りつけたいところだが、あのときは罪の意識など感じていなかった。

充のような有名企業の御曹司や家柄のいいお嬢様まで通う有名な大学附属高校で、それだけで女の子はよりどりみどりだ。

外で仲良くなった女の子たちに聞かれるたびに学祭に招待していたら、当日はその女の子たちが鉢合わせて、なにがきっかけかわからないが揉め始めたのだ。

教室の前で罵《ののし》り合《あ》いが始まり、人だかりができ始める。さすがに学校でこの騒ぎはまずいかもしれないと思い始めたとき、斬新な方法で丈琉を助けてくれたのが充だった。

「おい、なに騒いでるんだ？」

そのあとすぐに状況を見て取った充が口にした言葉で、言い合いをしていた女の子たちがギョッとして言葉を失った。

「丈琉。俺以外の女と遊んでるんじゃねーよ」

「……は⁉」

予想外の言葉に丈琉も言葉を失う。しかし充は丈琉の肩を恋人のように抱き寄せるとさらにとんでもないことを言った。

「この中に俺よりいい女はいないな。どうせ遊びだろ？　遊びなら許してやる」

当時の充はかなりの美少年で、ちょっと可愛い程度の女子では太刀打ちできないようなオーラがあった。

「丈琉くんて……そういう趣味⁉」

「で、でも女の子好きでしょ？　私のこと好きだって言ったじゃん！」

「それってもしかしてバイセクシャル⁉」

契約結婚終了を機に突然充推しだと公言し始めた七彩がその場にいたら、彼女だけは悲鳴をあげて喜んだかもしれないが、女の子たちはドン引きしてその場を立ち去り、その後一切丈琉に連絡をしてくることはなかった。

その弊害として高校卒業まで充と恋人同士らしいという噂がつきまとったが、真面目一辺倒だと思っていた充の機転に助けられ、それ以来自分から彼に絡んでいくようになった。

あとでなぜあんなことを言い出したのかと尋ねると、クラスの当番が円滑に回らなくなるから早く追い払おうと思ったと言うのだ。それを聞いて、充がクラスの文化祭実行委員だと思いだした。

つまり彼はユーモアの持ち主というより、自分の仕事を円滑に進めたかっただけなのだ。その真面目な男がのっぴきならない理由で契約結婚をすると言い出した。

ハラハラしてしまうような危なっかしい結婚についつい過剰に口出しをしてしまったが、それを見ていた七彩がなにかの折りに言った。

「丈琉先生って、充さんのお兄さんみたいですね」

なにかを思いだすようにクスクスと花のように笑ったが、学生時代の友人には充の方がしっかりしていて、女性関係が適当な自分の方が弟キャラだと言われていたのを思いだした。

「どうしてそう思ったの？」

「だって丈琉先生、いつも充さんの心配してるじゃないですか」

「俺は君の心配をしてあれこれ口を出しているつもりだったんだけど」

するとと七彩はまたクスクスと笑う。

「充さんに同じことを言ったら、俺の方が兄貴キャラなのにって不満そうでしたよ。ふたりって正反対のタイプに見えるけどやっぱり似てるんですね」

七彩の言葉にそのときはそんなものかと思っていたけれど、結婚式でみんなに祝福されて幸せそうな笑顔を浮かべているふたりを見ていたらホッとしている自分がいた。

肩の荷が下りたという感じで、これが七彩の言う兄貴のような気持ちなのかもしれなかった。

家族や友人に囲まれているふたりの笑顔が眩しい。あのふたりを見ていたら自分も運命の相手を探してみてもいいんじゃないかと思えてくるから不思議だ。

丈琉がみんなの輪から少し離れてその様子を見守っていると、七彩が充の耳に囁いたかと思うと、ドレスの裾を抱えて小走りでこちらに駆け寄ってきた。

「丈琉先生！」

「七彩ちゃん、どうしたの？」

「これ」

彼女がそう言って差しだしてきたのはカサブランカを使った大ぶりのブーケだった。

「これ……って、俺に？　普通ブーケトスとかするんじゃないの？」

海外では幸せのお裾分けという意味を込めてブーケトスをするが、日本ではブーケを受け取った人が次に結婚できると言われている。

今日の式にもたくさんの招待客がいるわけで、御曹司と幸せな結婚をした七彩にあやかりたいという女性も多いはずだ。

「これは丈琉先生に受け取って欲しいんです！」

最初から決めてました！　という勢いでブーケを差しだしてくる七彩に丈琉は困惑してしまった。

いつの間にか充もそばに寄ってきて、なんとか丈琉にブーケを受け取らせようとする七彩を優しい眼差しで見守っている。

きっと学園祭で丈琉を助けてくれたときと同じように、困ったら助け船を出そうと思っているのだろう。

「七彩ちゃんがそこまで言うならありがたく受け取らせてもらうよ。女性客の視線が痛いけどね。あと、俺にすぐに恋人ができるとか結婚するとか、そういうのは期待しないように！」

「はーい！」

七彩はクスクス笑いながら丈琉の手にブーケを押しつけた。その笑顔は花のようで、胸の奥の柔らかい場所をなにかにキュッと締めつけられたような気がした。

「うーん。惜しいことをしたかもしれない」

「えっ?」

「いや、こっちの話。充と離婚したくなったらいつでも相談して。慰謝料を全力でもぎ取ってあげるからさ」

「おい、余計なこと言うな」

「そうですよ。丈琉先生離婚案件なんてほとんど扱ったことないじゃないですか」

「七彩ちゃんのためなら勉強するから大丈夫!」

「もう!」

七彩は丈琉に可愛らしいふくれっ面を向けたあと、隣の充を見上げて笑み崩れた。

それはとても幸せな光景で、微笑み合うふたりが初めてうらやましくなって、丈琉は手の中のカサブランカの香りを嗅いだ。

幸せのお裾分けはいつまで有効だろうか。自分も少しぐらいは真面目に運命の出会いを信じてみてもいいのかもしれないと思った。

あとがき

お久しぶりのミエル文庫です！　お手に取っていただきありがとうございます!!

契約結婚から始まるお話はいくつか書いているのですが、意外にも離婚（しよう）から始まるお話は、既刊の中では初めての設定でした。

一応オフィスものとして書き始めたはずなのですが、気づくと思ったよりもオフィスシーンの少ないお話に……みんなちゃんと仕事をしてるんですよ！

しかも七彩は腐女子（笑）。これも初めて書くタイプのヒロインで、初稿の段階で担当さんにもっとオタクに振り切った方がいいですか？　と確認したらもう十分ですと（汗）

ネットスラングとオタク用語をどこまで嚙み砕いて書くかなど、いつもと違う部分に悩んだのでした。

担当H様、いつもアドバイスありがとうございます。

さて今回のカバーイラストと挿絵は木ノ下《きのした》きの先生に描いていただきました〜。

セクシーな充と可愛い七彩をありがとうございました。読者様も口絵と挿絵までしっかりお楽しみくださいませ！

そして最後になってしまいましたが、拙作をお手に取ってくださった読者様。いつも応援ありがとうございます。

はじめまして～の方もいらっしゃるかも知れませんが、いつもこんな感じの溺愛ものを書いているので、安心してお楽しみくださいませ。

ゆっくりペースの執筆なので、あらまだ書いてたの？　というぐらい期間が空いてしまうこともありますが、興味を持ってもらえたら電子書籍で既刊も読んでいただけるのでよろしくお願いします！

ということで、また次のお話で皆様にお会いできるのを楽しみにしています！

水城のあ

期間限定婚だったのに
極上御曹司が離婚してくれません

Vanilla文庫 Miel

2024年2月5日　第1刷発行　　定価はカバーに表示してあります

著　作　水城のあ　©NOA MIZUKI 2024
装　画　木ノ下きの
発行人　鈴木幸辰
発行所　株式会社ハーパーコリンズ・ジャパン
東京都千代田区大手町1-5-1
電話　04-2951-2000（営業）
0570-008091（読者サービス係）
印刷・製本　中央精版印刷株式会社

Printed in Japan ©K.K.HarperCollins Japan 2024 ISBN978-4-596-53729-4